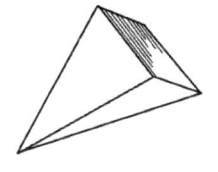

等边三角形降临那一天

萧萧树 著

广西师范大学出版社
·桂林·

DENGBIAN SANJIAOXING JIANGLIN NA YI TIAN
等边三角形降临那一天

图书在版编目（CIP）数据

等边三角形降临那一天 / 萧萧树著. —桂林：广西师范大学出版社，2021.10
ISBN 978-7-5598-4196-4

Ⅰ.①等… Ⅱ.①萧… Ⅲ.①中篇小说－小说集－中国－当代②短篇小说－小说集－中国－当代 Ⅳ.①I247.7

中国版本图书馆 CIP 数据核字（2021）第 171078 号

广西师范大学出版社出版发行

（广西桂林市五里店路 9 号　邮政编码：541004）
网址：http://www.bbtpress.com

出版人：黄轩庄
全国新华书店经销
湖南省众鑫印务有限公司印刷
（长沙县榔梨街道保家村　邮政编码：410000）
开本：880 mm×1 240 mm　1/32
印张：9.5　　字数：150 千字
2021 年 10 月第 1 版　　2021 年 10 月第 1 次印刷
定价：56.00 元

如发现印装质量问题，影响阅读，请与出版社发行部门联系调换。

寻找等边三角形

二零二零年末，我经历了石门午夜封城，接下来一个月左右的时间里，这种状态逐渐从一种对日常的突然破坏，变成一个默认的无足轻重的存在的背景，只有当我偶然从窗子里注意到这个"怪兽"一些极易被忽略的迹象时（比如易怒的人们开始更加频繁和轻易地与门卫大爷发生争吵），才会惊愕地想到：啊，我们失去了自由。无论我们将其归于自然的强大力量，还是人类社会各种复杂无解的运作结果，我们都处于一种难以察觉的反常状态，而这种难以察觉则更为反常。

当我时常在窗前从不知不觉地对天空的长时间注视中突然醒来时，这些短暂的小事件便一次次地加重了它们的色彩，并逐渐成为某种充满隐喻的抽象的"画卷"，它描绘了我对我们生活的现在和未来的许多"幻觉"。我想正是那种偶然而至的惊愕，才包含着我个人人格的核心。这正是《吉肯之神》故事所描述的某些内容的现实展现，我们被称为"自我"的那种东西被许多其他力量锻造出的各种理念的层层外壳包裹着，它逐渐与我们的理性追求分离，变得遥远而孤独。但与此同时，我们的日常则在不断地加速那些附加理念的诞生。这是一个难解的悖论和循环，我们无法像科学分析那样准确地"理解"那些理念的属性，了解它们会与我们的生命发生怎样的"化学反应"以及得出怎样的结果。但无论如何，我们都是我们所接纳的理念的"宿主"，而这些"寄生"于我们的庞杂的概念群体，有一些则将通过各种方式毁灭我们自身。对于大多数人，如果接纳一个理念的目的是通过它成为"更好"的人，那么一些理念则如虚假的迷雾般，让我们与这一普遍的"人"的目标走向殊途。"自我"的核心形成的过程，便是在这层层迷雾之中寻找"真实"的艰难路途。《吉肯之神》故事中所展现的那种从古希腊人类文明伊始直至许多时间后的未来的终结，贯穿我们所有世代的人的核心，又如一个包含其自身的梦境——正是因为我们有着对这一核心的寻找与追逐，才有这一核心。就像陀思妥耶夫斯基在《卡拉马佐夫兄弟》中所表达的那样，"即便真正地证实真理与基督毫无关系，我依旧选择基督而非真理"。我想，那种超越逻辑悖论的方式便是信仰，我们并不真正地科学地证实那一核心究竟如何，而只在其飘忽不定、转瞬即逝之中，如盲目骑士般寻找它，从心灵中捍卫它，这一行动便是其存在的体现。

而我们的文明之幸在于，这漫漫长路中，上下求索者从未消失，他们不仅是《吉肯之神》故事中如荷马、毕达哥拉斯、亚里士多德这样的伟大哲学家，以及波洛克这样的伟大艺术家，也包括《当一座城市》中如阿尔图尔·兰波这样充满狂野想象的天才诗人,他在北非荒漠的流浪中与他的骆驼对话,那里掩埋着更多的文明。当然,还有《当一只鸟》的故事中那些甚至被历史掩埋了姓名的写作者,这些普通的创造者诉说着同一个古国的不同故事,在对真实的追求中体现各自独特又丰富多彩的人性,虽然真实与虚构已然难以分辨。可以说,关于真实,便是等边三角形故事中相通的思想。而我为其创作漫画的《黑色房子》则是一个关于思的寓言,正如石门封城结束后,我决定跟孩子回到乡村生活,那时时常会感到一种宿命形状的东西缠绕着我,我必须在一个非常"显著"的世界里去创造一些谜一样的勾连和阐释,就像思想的层层套娃般,试图在一个最内层的梦境中寻找对最外层的"现实"的突破——我的写作就是我的黑房子。类比于现实,这或许多此一举的行动,便是为了在这贫瘠的时代为自己构建一处容身之所,或者说,为自己创造一个解释,就像黑房子故事的主人公在虚构的缸中之脑里获得了终极的语言,我想那语言的形象便如"等边三角形"这一平凡的数学概念般,精确而恒存。而每个寻求"理解"的人,都在等待自己的等边三角形的降临。

我很感激在家人的包容下获得这些宝贵的时间和成为一个"社会废物"的特权,那时我常陪孩子来到村边没有水的河堤上感受被遗忘的自然,我的"自我"曾常驻于此;我也会深夜一个人在地球的这个小小院落里遥望银河,我的"真实"也曾触及天宇。那些梦境般的时光如刻刀般雕塑着我的思想,我将其呈现在文本和画作之中,并有幸能够在今天见诸读者。所以拙作即将付梓之际,作此短文,既作为简短导言概述笔者虽浅薄却真诚的构思,同时一并向拙作创作过程中诸位师友给予的支持表达谢意,包括在我的绘画中通过不同方式提供帮助的张浩先生、多念女士和春江先生,以及促成这一并不主流的作品出版的汝怡主编的信任和李敏编辑的悉心工作,是你们使拙作得以以如此美好的形式展现。

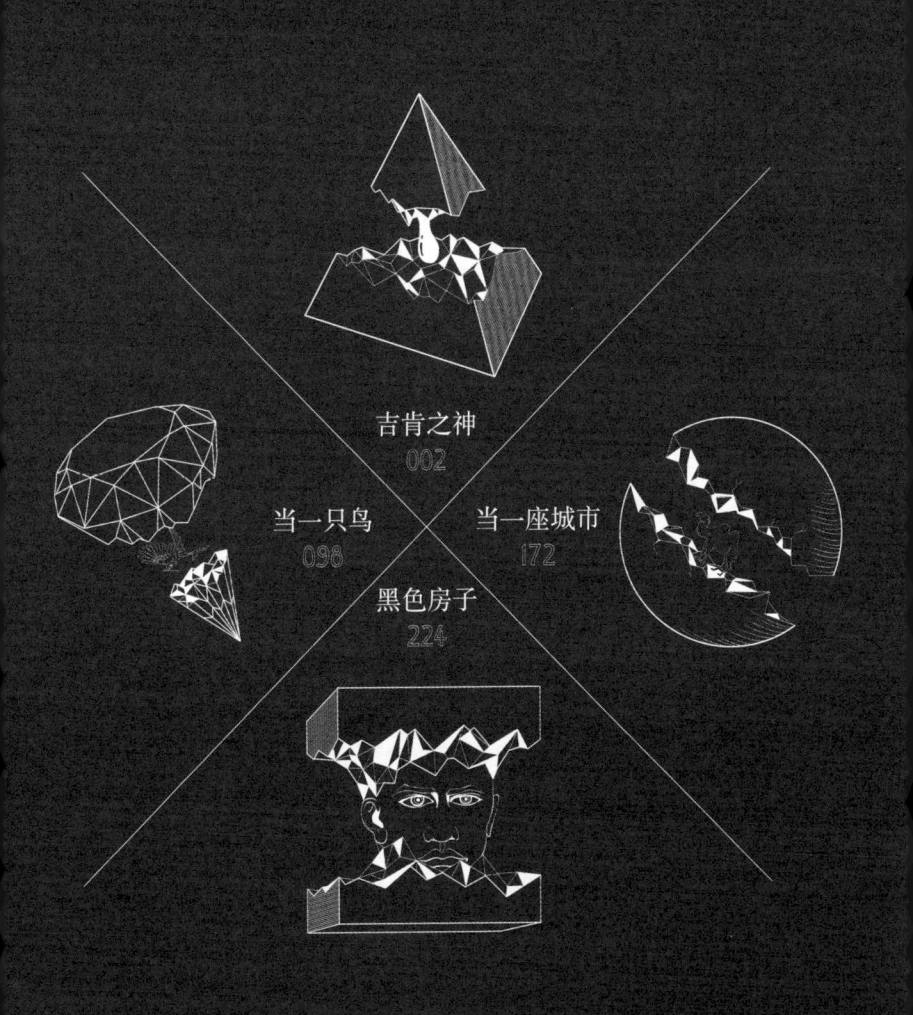

目 录

吉肯之神
002

当一只鸟
098

当一座城市
172

黑色房子
224

吉肯之神

开幕,唱诗班音乐:

等边三角形降临那一天
流浪者说着外星球语言
他们表达,却没有声音和动作
他们整齐的静默如黑曜石般

等边三角形在我们头上
要用特制的镜片才能看到
我只是希望理解他们的语言
跟随那降临的形体
穿过城市,去往
曾经的荒原

在那里,他们或者计算着宇宙的时间
或者证明另一复杂的极限
我加入他们,一起走进更晦涩的深渊
相信他们的神灵,信仰他们的信念
黑色的终极的哲学
孤独的运算

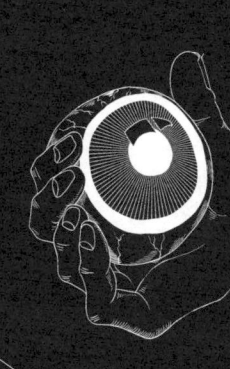

第一章

真的世界

荷马走在爱琴海海岸富饶的大地上,给所有明眼人讲述他看到的故事。

一
荷 马

等边三角形降临那一天,盲人荷马首先"看"到了它。

但"看"并不只是看。人们无法理解荷马的"看",恰如荷马无法理解神祇的"看"。看,仿佛生命的隔阂之所在。自盲人荷马开始描述那巨大的等边三角形在天宇中盘旋、肃穆的样子,并以之为诗歌传世,后代所有的哲学家便都对"看"产生了浓厚的兴趣。常人难以想象,看不过是随时发生的行为,却让这些披着长袍、手持尺规的怪人迷惑许多世代,那些哲学家真是纯属无聊。

但毕竟,如果上帝真正存在的话,造物之时,大概不可能将每个机器都设置得同样灵巧,否则世界将丧失其丰富,完全相同的完美个体将拥有完全相同的故事,这故事就是不再变化的完美。而世界之所以被称为世界,则是因其拥有无穷族类。人与动物不可同日而语，自然，人的数量之众，类于物种之繁盛，固然也不可同日而语。这自然会产生不公，有人总会为不公而斤斤计较，甚至愤怒地质问造物主，但造物主却从不回答。而他的信使、智者们便告知人类，因为造物主也要听故事，否则他该多么烦闷。

故事并不一定需要构思，或者像设计机器的运转一样遵守着逻辑而来。事实上，故事是自然生发的。既然生命不断轮回变化，灵魂便不可能固定不变，它将比生命的可见形态更丰富多彩。那变动的灵魂是怎样产生的呢？哲学家们用莱布尼茨的理念来解释它，这些灵魂很可能是由一些灵魂的"单子"构成的，灵魂单子通过相互作用、碰撞、融合、聚散，最终的结果便是出现了许多人的不同故事。如此说来，必然有一些人拥有的灵魂更多，而另一些则少一点，这就形成了人类复杂的生活。

等边三角形降临之日，人类最早的故事得以流传。荷马盲目，却写就了那些历史与传说，它们何以为真，又如何得以证实？事实上，荷马早已精通被后代艺术家津津乐道的本领：就像卡拉瓦乔把自己画作尸首、拉斐尔将自己列入《雅典学院》一样，既然语言与艺术将以无疆界的力量冲破想象与现实的阻隔，人们为何不可描绘自己？于是，在许多地方，荷马留下自己"看"的痕迹。等边三角形降临那一天，《伊利亚特》中的诸神和英雄们正在畅饮普兰尼美酒，这地中海与爱琴海中的文明之源、美酒之源，在上帝造物之后便驯化了大麦和山羊（这再次印证了万物皆有不同的灵魂度），而普兰尼酒与大麦、羊奶中保留着神的秘密技艺。荷马模糊地感知了这一秘密,也十分恐惧人类不会看到这一秘密,毕竟,盲目者与明眼人也有不同的感知,所以,荷马又把自己偷偷写入《奥德赛》史诗中。后人都知道这一故事,英雄奥德修斯在特洛伊之战中,献上木马妙计,希腊大军胜利,奥德修斯归来。荷马为这归乡的故事添加了许多神秘却并无明显意义的传奇情节,其中之一便是艾尤岛上的女巫、太阳神赫利乌斯和大洋神女珀耳塞伊斯之女——女神喀耳刻的故事。

喀耳刻无非是为了传递这秘密而登场的,在荷马的杜撰中,她成为用药高手,在奥德修斯的归途之中,她用滴过药水的食物款待船员,把吃过食物的水手们都变成了猪,奥德修斯也同样用草药抵御了魔法,一夜过去,喀耳刻却爱上了他。诗人荷马的浪漫情怀总是浮现在令人激动无比的冒险之中,读者时常被这些传奇故事蒙蔽,但无论如何最终将有人发现其中隐藏的秘密,那与"看"相关,与"世界的真实"相关。

荷马走在爱琴海海岸富饶的大地上,给所有明眼人讲述他看到的故事。等边三角形降临了,呈现出一圈神秘而柔和的淡蓝色

光晕，就像爱琴海的水。没有人看到吗？等边三角形长久地孤悬在无云的天空之上，反射着遥远的神话。荷马说，我看到了。但没有人理解他看到了什么，他是一个盲人。于是他离开人群，在海岸线上踱步，不远便是神秘的萨摩斯岛，他被预言的死地。没有凡人曾相信自己被预言的死亡，但神的祭祀和咏唱者坚信不疑，而这并非愚昧的信仰，并不像我们今天仍然可以看到的，那些为了幼稚的理念殉道的顽冥不化者。一些信念因情绪所致，而另一些更高的信念则是因为理性的高深，理性让他们触及神圣造物的微光。即便荷马之后，科学与哲学漫长的分野开始，人类通过寻求万物所呈现的状态而理解神圣的造物主所有表达的意义，上帝之书与万物之书的这一共同本源，便是人类之中的天才与巧匠不断前进的动力。荷马的史诗传奇说尽之后还会有人去试图探索深渊和高天中造物者留下的秘密，博物学和自然哲学蓬勃发展，人类更高的信仰者便诞生其中。荷马之死便是首先践行这一信仰，他看到他人之不可见，理解他人之不可解，他没有学徒，仅将其传颂为故事，而故事说完，更深邃的奥义便也得以保留。

时间永无止境地延续着古今，延续着历史和神话。命运不可撼动，只是通过不同的方式实现神的意愿。荷马朝萨摩斯岛走去，离人越来越远，所有的故事都说尽了，他唯有等待自己的死亡。在岛上，海风吹拂，荷马心中，真实世界不断扩展。至于他心中这一秘密——真实世界如何真实，我们暂且不表，先来说说荷马之死。荷马游走在爱琴海咸咸的风中，萨摩斯岛的美景已入心田，何须去看、去听、去触摸，盲人的盲目便可理解甚多。他

将故事讲给陌生的孩子,孩子们说,这故事早于你来到了岛上。他讲故事给渔民和海盗,渔民们说,这个新来的盲人真是孤陋寡闻,谁不知道阿伽门农的贪婪引发瘟疫,奥德修斯的智慧建造木马?

看来,或许这故事并不是我所书写,荷马思索着,仿佛它们自然地出现在许多人的思想之中。他询问他们是否知道那些细节:神秘的药物,女巫的发明,或者奶酪与发酵的大麦所带来的启示。人们当然知道,但并不知道这其实是关于写故事的人的故事。这难道不是一个悖论?荷马将自己写入故事,便真的成为故事的一部分,而写故事的人则已经在世界上消失,但如果没有那写故事的人,故事又是如何出现的呢?

一切究竟是什么,又为什么?荷马思想着,他永远不可能解开这个谜语,但他隐隐约约感觉到一种东西存在——自我创造自我的怪物——人类的思想。它大象无形,甚至无法言说,因为每次言说,都掩盖了那无法言说的部分。这才是人们理解宇宙的关键,如果人们还寄希望于对宇宙的理解的话。然而,荷马只在自己曾经的游历之中窥视到这思想的吉光片羽而已,它让他得以诉说并信仰那些故事,如今他已垂垂老矣,这种灵魂的感触则渐渐远去,再也未能浮现在他的感知甚至梦境中。

现在，既然那个荷马已消失在故事外，荷马的肉体便只能死去。也正因此，他必然相信对自己死亡的预言，因为这便是从他描绘过的那神圣时代流传下来的谜底。他要死在萨摩斯岛，但为何是这个地方？某一天，他遇到许多海盗和渔民，海盗和渔民不停争斗，这就是人类社会的常态。一天，一个老渔民为他讲述了一个谜语：什么东西，切掉一个，会长出两个，切掉两个，会长出更多？荷马摇摇头，问，最近有什么新闻吗？老渔民说，前天在一艘神秘的大船上有人被执行了秘密处决，那人被推下船，落入大海，仿佛还在呼喊。呼喊什么？荷马随话搭话说，又抬头望向天空，等边三角形再次出现，只是一些若隐若现的线和点，在空间中构成完美的几何图形。荷马没有听到老渔民说什么，只是默默地想，成了，它终于可以延续下去了，便在岸边死去了。

二

毕达哥拉斯

荷马在喜悦中死去,渔夫在海风中呼喊,宇宙在秩序中运行。

许多时间后,一个人走在萨摩斯岛礁石蜿蜒的海岸线上,听到远方船只的声音,它们来自埃及、来自西班牙、来自塔蒂萨斯,甚至更远的地方,这些胜利之船将财富带到他的城邦,使这城更为富饶。人们热衷于呼喊自己所发现的秘密,仿佛在向造物主证明自己理解了他,就像阿基米德发现浮力之后高呼"尤里卡"一般。如果我们能够带着谦卑和想象来审视自身处于世界的位置,人的生命便拥有了另一重要义务,便是表达。向谁表达又如何表达?在荷马死去的时代,真正超越语言形式的表达还没有出现,直至萨摩斯岛上的这个人开始思考它。这个人叫毕达哥拉斯,他就是在富有家庭那一座巨大而豪华的落地窗前,数着从远方而来的船帆长大的。他的家

庭历史如今已如无数凡人的喜怒哀乐一般毫无意义，唯一重要的是，他自幼便熟读各种古老典籍，这是穷苦家庭的孩子无法比拟的，他了解荷马的故事，因而也羡慕荷马游历世界、传播智慧的一生，最重要的是荷马看到了诸神的光彩，聆听他们的言说。于是，青年时代，毕达哥拉斯便开始游学和探索世界，他去过埃及、米利都，聆听过自然哲学家泰勒斯、阿那克西曼德的箴言。

那时，造物主创造人类已过了漫长的时间，许多时光都在混沌、无记忆而神秘的洪荒时代溜走。人们试图理解自然，恰如信徒试图理解造物主。毕达哥拉斯首先从其中解读神圣的秘密，在埃及的日子里，他发现了三角形隐藏的神的语言，那是在他故乡流传的渔夫的谜语：三角形被切去一个角便会诞生两个角，切去两个角便会诞生四个角。可那仿佛又并不与宇宙的真理有任何关联。几何学是令人心醉的，但同时也具有游戏的属性，我们不能把它变得简单，用人类语言可以表达的，便不会是真理。他一边漫游一边深思，终于，在埃及宏伟的金字塔下，他发现了勾股定理，那无法用人类语言表述，它就是一切数字的秘密，宇宙的密码，上帝之书上原来写着万物皆数。

他欣喜若狂，开始将这一至高的真理传播开来，在雅典、在克罗敦、在西西里，他招揽众多弟子跟随他研习数的奥义。许多时间过去，只还有一个夙愿未偿，一天他坐在格罗蒂塞尔海岸，望着起伏不定的海水，仿佛试图看到荷马之所见，聆听荷马之所闻，那可是奥德修斯的舰队正在返航？但等待许久，却一无所见。难道诸神真的已经远去，再也无法追寻其踪迹，还是仅仅因为我并不盲目，或者，正像新的哲学家们所言："一切皆流变，无物可永存。"即便神祇也终将消亡？毕达哥拉斯并不相信后者，那些年轻哲学家的学说不过是对世界的感性认知，他们只是用一个新词总结芸芸大众所拥有的经验，而那经验却可能并不正确。但是，他也不相信前者，没有独特的人类拥有超人的感官，除非，那便是神灵本身。

但创世者会如此与我们交流吗，用数字？也许会，毕竟我们无法揣度，但他为何不让我们继续使用这语言呢？毕达哥拉斯相信这是一个错误，数学就像宇宙的基本元素，但如果仅仅以此表达观念，则会完全丧失世界丰富多彩的真实形象，而正是这一形象反映到我们的心灵，才让我们理解世界。所以，如果我们需要沉醉于至高至深的思索，几何也许不是一种好工具，就像我们有许多无法通过数字表述的思想一般。

毕达哥拉斯寻找一种突破，而这正出现在他重新温习荷马的故事时。荷马所吟唱的史诗与我们所想到的故事是如此不同，他如果见识过神圣，便一定有未能直言的东西，在他的诗篇中，那东西必然有不同的形式。毕达哥拉斯顿悟一般地思想到，那是音乐！神圣造物主将他的语言赋予音乐，只有在荷马的福名克斯琴的琴弦中，真正的意义才能完整浮现，理解上帝，便首先要理解音乐。在毕达哥拉斯的游历之中，他曾遇到过一位在他看来伟大的圣人，那便是锡罗斯岛的裴瑞居德，毕达哥拉斯将其视为师尊。尽管许多不同的哲学家并不认同，但裴瑞居德坚信自然与神圣之中必然存在的联系，那并非神秘主义，而是一种更高的哲学。

毕达哥拉斯继承了这一独特的理解方式，开始努力揭示音乐与数学的关联。一切最终的真实将不可分割，"数"是精神宇宙和物质宇宙的最终法则，这种不可分性是造物者的语言，它化身为音乐，向人表达和谐的思想，并通过这和谐产生丰富。毕达哥拉斯开始分析福名克斯琴的琴弦，这一故事便尽人皆知了，他将一根发出中央 C 音的琴弦剪至原来的三分之二，于是这根弦发出的便是 G 音，从 C 到 G 便是一个"五度音程"，而如果将弦的长度剪去一半，便会发出高音 C，即高出一个倍频程。音符和弦长的数学，便成为毕达哥拉斯的和声学，也是他的宇宙语言。

这是正确的，毕达哥拉斯坚定着自己的信念，当他开始尝试以一种新的方式去理解荷马的史诗，演奏者的声音变得如此悦耳，表达如此恰到好处，他体验到了来自高古时代的洗礼。英雄仿佛就在身边展示他们的英勇，祭司就在耳畔诉说他们的预言，诸神仿佛已经将战场移到眼前，而人类的历史在残酷的战争和甜蜜的爱情中交织缠绵。这难道不是渔夫与荷马谜题的新答案吗？一根琴弦，当它被切掉一半，反而弹奏出了更高的音符。毕达哥拉斯兴奋地想，人们就该如此，聆听宇宙的律动，体验其秩序，灵魂由此而存于和谐。

于是，毕达哥拉斯的门徒们有了另一重要使命，便是用数学和音乐的方式，将日常世界的秩序重新归纳整理。于是，最为神圣的是圆，人的行为将以圆所呈现的理念为准则，而五种正多面体次之，天体的排布自然地遵循了这一法则。这些基于简单规则的复杂原理便是人类理性生活和世界存在的全部：禁止吃豆子，不要捡起掉了的东西，不要触碰白色公鸡，不要劈开面包，不要迈过门闩[1]……事无巨细。人们在这亘古不变的秩序中生活，最终走向智性，正因毕达哥拉斯带来了这些启示，许多人认为他终于超越了荷马，成为光明、音乐和诗歌之神，甚至成为阿波罗的化身。

毕达哥拉斯这样继续践行和传授理念二十多年，直至他已经变得很老很老。他回忆自己的一生，充满成就和幸福，他已经将该记住的记住，那便是他发现并创立的法则；将该遗忘的遗忘，就像希伯斯的故事。但总之，凡所发生的，都终究不会完全消亡。人们无法确切知道他是如何死去的，有传说他死在豆子地中，但无论如何死去都已无关紧要，他最终也成为渔夫讲给荷马的谜语的一个谜底，一个毕达哥拉斯消失后，更多的毕达哥拉斯的化身出现了。

但毕达哥拉斯死去的那一天，他一直在等待高古的神圣时代的造物主出现，他仰望天宇，等待时间。等边三角形降临了，只是他没有来得及说出更多，一切便复归平静。

1　Not to step over a crossbar，译为"不要迈过门闩"（《西方哲学史》，[英]罗素，商务印书馆）。

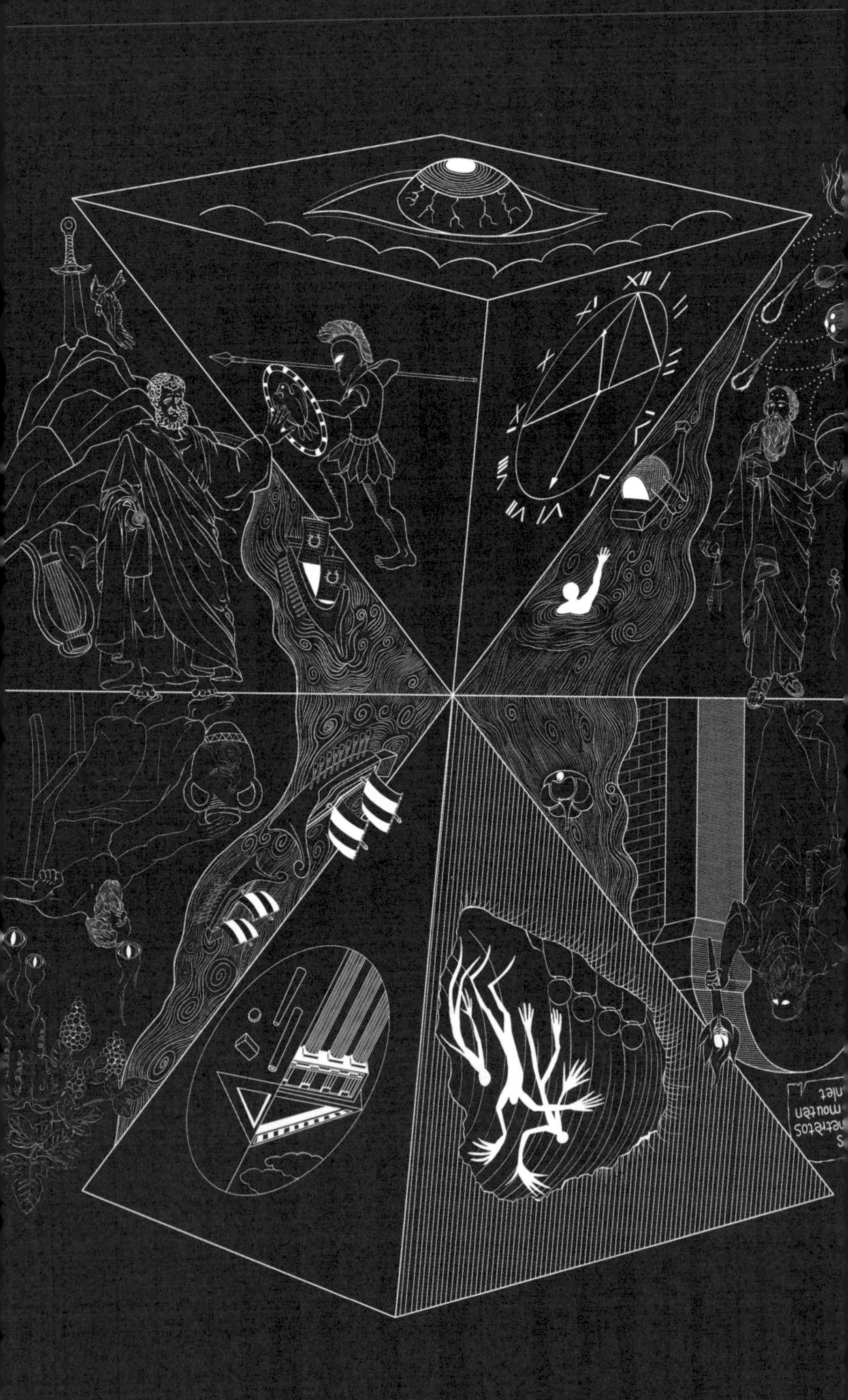

三
苏格拉底

等边三角形永不消逝。

在美丽的雅典,哲学家苏格拉底研习人类社会的道德法则,他并不再像他的前人一样,通过对自然法则的揭示来理解人的品质和规则,他有自己新的思索,他看到人类的复杂性远远超出他们能够发现的自然法则,于是他要通过直接地对人的思索来演绎人类社会。

然而古希腊虔诚的哲学家们深信,人的身上体现着神性的完美,因为神按照自己的形象创造了人,人的躯体是建筑学的奇迹,拥有最和谐的黄金比例,这便是明证。所以,当我们说到"认识你自己"的时候,便是认识人类身上部分的神性。而另一些部分,在人类社会的变迁和复杂联系中,所产生的和传播的坏品性,则需要通过哲学的训练来涤净。

苏格拉底一定听过这样一个混乱的故事,那便是关于毕达哥拉斯和他的弟子希伯斯的。传说在毕达哥拉斯已经非常苍老的时候,一天,他面朝大海,长叹神圣时代为何已然不在?他冥思苦想,自言自语。海风吹着他白色的长袍,更多的船只像童年时期一般,从远处归来或去向远方,他被这交织在过去与未来之中的独特体验所吸引,以至于没有发现一位年轻的弟子正站在他身边。

我想,是世界的不完美性使他们远去,弟子轻声说,但又仿佛故意要大师听到一般。

什么,谁?大师转过身,站在他面前的正是他最得意的门生希伯斯,一个英俊而智慧的青年。

大师,我似乎理解您的苦恼,那并非源于您,更不是因为我这样的凡人,恰如我虽然仿佛理解圆和三角形,但实际上又并不理解,这是我的苦恼,而它正是真实世界本身的属性,一片无穷无尽的迷雾。

我听过许多真理,也在很年轻时发现过神圣的语言,但并不相信你能够证明真实世界的形象,毕达哥拉斯摇摇头说,虽然你是最聪明的学徒。

那么，我想请教大师一个问题，如果地球上的两足动物并不会像数学与音乐一样简单，人们总在寻求更多，甚至不惜通过破坏和谐的方式，那么受到损坏的是人类自身还是数学和音乐的法则？希伯斯小心翼翼地问。

万物速朽，唯法则永恒。毕达哥拉斯坚定地说。

那么，法则会对人失去作用吗？而一种对人丧失作用的法则究竟是不是那个永恒的真理呢？我们看到人类堕落的现实，是否可能因为法则造成？希伯斯双目如炬，望向自己的师父，他从未想过自己会如此大胆。

毕达哥拉斯严肃地沉默着。这是对因果律的挑战，但他真的从未想过，既然人体现法则，或者法则决定人性，那么人与法则便应该具有相同的根源，可人为何不完美。你发现了什么？许久许久，苍老的大师缓缓地问。

自然，苏格拉底知道希伯斯发现了无理数，它不可作比，意味着不可分割，那是毕达哥拉斯教派所认知的数学中的异类，当然，那不仅是异类，而且是邪恶的和畸形的，是无理性的，它毁灭了毕达哥拉斯终生所构建的理论大厦。苏格拉底有些惋惜地想，物理学家所相信的秩序世界真正地消亡了，希伯斯最终被投入大海，但也许那并非真实的故事，他如此美丽聪慧。但他又坚信一点，只有相信自己的智慧一无所用，才是最高的智慧。

苏格拉底想到自己，他同样也有一位俊美的弟子，他是一位战士，又是一个花花公子，是一个善于恶作剧的小丑，又是全雅典的明星。他出身富足，但早年丧父，因而傲慢无礼，飞扬跋扈，蔑视一切律法，最可笑的是有人问他为何要做出那些莫名其妙的举动，他却轻描淡写地说，就是为了让雅典人都谈论我的名字。如今，他的名字像瘟疫一般散布，亚西比德，对于在民主政治之下遵纪守法的雅典民众，就像是一个无理数，与希伯斯一样，仿佛生来就是为了把世界搞得粉碎，他们就像牛虻一样讨厌，这也正是全雅典人指责苏格拉底的原因。那又如何？苏格拉底无所谓地想，真理不是传承下来的，而是不断发现的。

这位跟随苏格拉底的亚西比德，与并不遥远的希伯斯还有一个相同点，他们并非不信神的实在性，而是不以其作为信仰——造物主或许是存在的，但并不一定代表他就是完美的。希伯斯四处宣言他发现的无理数，仿佛是打破了神圣理性的战果，他们把对神性的追寻看作一种神秘意味的冒险，就像他们不断在智慧和现实的战场上冒险一样。

经历两次伯罗奔尼撒战争，亚西比德成为雅典青年心中的鹰派领袖，接着又率军队开向遥远的西西里，盲目的希腊人此时已经忘记他们的统帅名叫亚西比德，只想到那里去淘金，结果一无所获，只得铩羽而归。而在生命的每个战场上都不断失利的亚西比德，又受到了雅典人亵渎神灵的指控，保命要紧，于是只身逃窜到了军事城邦斯巴达。在那里，他又一展自己的阴谋诡计，成功说服斯巴达人与雅典为敌，在西西里一举击溃雅典大军。然而好景不长，这只善于招摇撞骗的老狐狸，最终受不了斯巴达人严苛的军事纪律，同时随着他声名鹊起，渐渐招致不满，终在斯巴达被判处死刑。但生存在这样纷乱多变的世道，还能翻手为云覆手为雨，必然有他的过人之处，在被处决之前，亚西比德早已逃窜到了小亚细亚，巧舌如簧的他在那里开始了新的纵横之计。他怂恿波斯人静观雅典与斯巴达在萨摩斯岛的烽火连天，等待坐收渔利。谁知此时，雅典的塞拉麦涅斯和皮山大以及苏格拉底的弟子克里提亚斯却在密谋寡头政变，推翻了雅典的民主政治。但这一巨变却招致许多不满，萨摩斯岛的雅典人拒绝承认新政权，亚西比德再次抓住机遇，从中推波助澜，终于成为雅典舰队的将军。当然，他不仅有三寸不烂之舌，也真正具有不凡的战斗力，他应运而生，与斯巴达一战成名，收复失地，重建民主，从一个战争贩子变成了雅典人心中的英雄。人的命运沉浮不定，如水的波澜，枭雄时常善于利用民众，但又常被民众颠覆。战争再起，这次波斯人却来了个釜底抽薪，重金收买了雅典海军的雇佣军桨手，终至亚西比德损兵折将，一败涂地。

伯罗奔尼撒战争结束，亚西比德自此也一蹶不振，但这大概也成为他必须寻找一种出离如此复杂世界的新生活的原因吧。人们选择不同的方式追求灵魂中的新世界，在失败中，亚西比德回到苏格拉底身边。战争、政治、诬陷、痛苦他们都曾

经历，如今这些就像荷马史诗般远去。而在研习荷马史诗的过程中，亚西比德似乎发现了隐含其中的秘密。必须信仰另一种东西，那是什么，或许是另一种真实，亚西比德想。而此刻，在雅典卫城外的厄琉息斯神庙旁，人们正在举行盛大的纪念仪式，这就是从荷马所吟唱的时代流传下来的传统，没人知道它确切从何开始，也许是众神的时代，也许更加古老。

雅典人对古老的祭祀心存敬畏，酒神预示着丰收，丰收的粮食和水果可以酿成美酒，富足的食物则带来人类的生生不息，世间万物如此紧密相关，因而自然的生殖成为人的生殖，人与天地合而为一。这最最隆重的厄琉息斯祭典将持续整整十天，雅典的青年人要穿着上古时代的服饰，按照严格的日程完成一系列秘密仪式，这些仪式因其传自高古，而涤荡心灵，让他们更为接近神，他们行为复杂庄严，将雅典城的精神展示在诸神面前。而祭祀之中最为重要的一个节目，便是祭徒护送圣物前往厄琉息斯，途中他们将模仿荷马曾吟唱过的诸神的故事。圣物到达厄琉息斯之后，他们将会有一次斋戒和守夜，就是在那个时候，他们可以分享酒神酿制的至高精神，吉肯之神重返人间。

吉肯之神在浓郁的美酒中，它本身便是神圣的启示，它仿佛将神灵注入所有躯壳之中，让雅典的青年人印证心中的信念。亚西比德在他年轻的时候必然体验过吉肯之神带来的力量，只是一个过于年轻的人,即便再智慧,也很难将那奇迹与幻觉般的世界与自己心中的理性相融合,他并不能完全理解人类之所以需要那超越凡俗世界的生命体验的意义。但吉肯之神也必然在每个人头脑中留下挥之不去的记忆,他们会记得那种喜悦感觉,虽然在世俗生活中,很难再次体验那真理、信念、神启的欢乐,但拥有记忆便已足够。

如今,当他历经世界的变迁和生生死死,渴望真正理解自己、获得欢乐时,吉肯之神的印象就像是一只迷雾中的手召唤着他,来吧,通过我走向真正的理解。亚西比德,这个饱经风雨的浪子,终于没有经得住诱惑,对吉肯之神的渴望又让他回到年少轻狂时,毫不顾忌任何戒律,只是盲目行动,他盗取了祭祀的美酒。要知道,作为厄琉息斯密仪中最为重要的道具,那酒受到最为严密的保护,盗取行为无异于是对神圣传统的挑战。

但他已经无所顾忌了,他终于如愿以偿,再一次体验到了那无法言说的神圣时刻。从宇宙深处而来的无形的丝线,牵动着他的灵魂与躯体。是的,造物者的生命已经远去,隐藏入群星之中,人类则像被操作的玩偶一般,他们自认为拥有自我意识,只是因为他们无法察觉和理解更高的"真实",他们永远都无法看到。等边三角形降临了,就像荷马看到的那样,亚西比德仿佛突

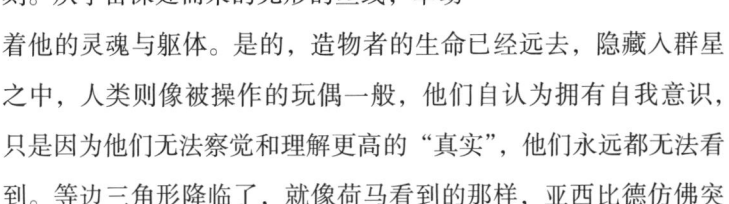

然理解，仿佛在宇宙深处张望。

吉肯之神拥有无穷分身，却不曾拥有一个实体，它在思想的大脑中，也在说出的语言中，它在古老的过去，也在每个人存在的现在，它就是灵魂之源，是终极奥义。吉肯之神，亚西比德高呼。他努力体验着，热泪盈眶，那是他记忆中第一次流泪，从他是一个少年时开始。他努力让自己延续这种感觉，在等边三角形之下，他看到世界一半是真实一半是迷雾，时间慢慢流逝，恍惚间他用另一种方式感受时间和空间，过去与未来相连，切近的成为遥远。他没有思想，却有许多行动，吉肯之神的丝线牵引他，他预感到自己要离开，那是来自宇宙深处的超级感官的警示，一个凡人在乐极之时必须思量忧患，在忧患之中也须常念欢乐，这是造物者的律法。此刻，他有一种忧患的预感，但这与他的理智无关。

他连夜逃走，就像他曾许多次经历过的样子，而这一切记忆连同此刻，都如同梦境。他准备赶往波斯，那连接着东方与西方的神秘之地，拥有最为奇特的巫术、信念、密仪和哲学，那也是他预感到的死地。而在这之前，他首先想到了挚爱的师友苏格拉底。他来到苏格拉底的居所，门开着，仿佛在等他到来。亚西比德进去，他说，神圣便在吉肯之神的水与火之中，那水是灵魂的药，那火则是肢体的舞动，这两者将人与神圣时代联通。

苏格拉底说，高古时代的影子不会消失，但终会慢慢淡薄，神圣的幸福是难得的，我们需要研习人间的律法了。

亚西比德急切地说，他们会来审判你，你虽爱人，但没有人爱哲学家。

苏格拉底平静地说，那我的宿命就是接受审判，审判无罪者，会让有罪之人涤清其罪。

亚西比德拉着他的手，可如果人们只信仰一个虚假的世界，是否还值得为他们付出？

苏格拉底松开他的手，说，即便如此，它依旧是神圣的旨意，如果没有这牺牲，虚假或许将更漫长地持存。你走吧，亲爱的孩子，我另外的弟子会记录这一审判，会证明雅典人的错误，而这将为人类带来对真实世界的一窥。

亚西比德泪流满面，又无可奈何，他深知苏格拉底的品性，于是只能独自离去，他经历新的冒险和追寻，没有人知道他是否最终从东方得到了神启，也许他只是没有说出，就像荷马一样，用语言隐藏语言。

孤独的苏格拉底望向天空，等边三角形见于星河，一只规则而刺目的火圈，孤悬在漆黑之中，久久照耀着雅典城邦。苏格拉底终被审判，在公民大会上，他一如往常，用不断追问的语气对人们说,你们看到等边三角形降临了吗?如果我死去,将证明神圣的存在,因为我领受了他带给我的命运,而并不因为我提前知晓,就破坏这神圣的意志的安排。

苏格拉底被判饮下毒鸩,等边三角形长久闪耀。

四
柏拉图

苏格拉底死去时，柏拉图只有二十八岁，但他已看到雅典由盛到衰的种种故事，心中故土不再，他远走他乡，与前人一样，在西西里、埃及、意大利游历求知，寻找着哲学之光。但是他如何会将自己的智慧投入其中，去建立一个人间的理想国呢？也许起初，他的确试图建立一个完美国家，这国度要拥有如伯罗奔尼撒战争的胜者斯巴达一样的纪律，就像齿轮一般严丝合缝地运转，这国家会成为一台永动机，但斯巴达为何依旧会衰落？柏拉图思考着，这一完美国家的理念，又将反应什么？它必然是一个完美人性的组合，只有寻找到代表每个不同的国家零件的完美的人，机器才能正常地运转。可是如何寻找那些完美的个人呢？

他四处寻觅，那是一个漫长的过程，他在游历之中，看到的是人类的缺憾，他深知人类群体中所拥有的完美之人简直如凤毛麟角，而更为可悲的是，甚至没有任何一个城邦的领主看到这件事的重要性，他们并不需要柏拉图寻找的完美之人。同时，邦国之间的种种冲突，人类社会的种种纷争，甚至将那些渴望自己变得完美的人，都变成品行更为恶劣的人。真正的好品质对人类的现实生活起不到任何帮助作用，甚至还会妨碍他们过上好日子。这不再是荷马的时代，甚至比苏格拉底的时代更为恶劣，人们甚至在远离美好的方向挣扎狂跑。

四十岁时，他已无心恋战，于是又重回雅典，他决定自己去培养完美的个人。他筹策两年时光，决定在那里建立学园，完成使命。首先，按照预先的计划，要培养出一批最高智慧的人，因为只有他们，才可以再去培养智慧不及他们的人，这就像去建造一台机器，总要先将造机器的工具造出来。因此柏拉图在他的学院前竖起一座牌子，上面写着"不懂几何者勿入"，这便是第一批人的甄选条件。

通过训练、教育和对灵魂的启发，第一批最智慧的弟子完成了他们的学业。柏拉图对他们说，你们可以离开了，带着你们的知识和信仰去任何地方，一位僭主的学园，一座乡下的学堂，都是一样的，去传播你们学到的道理。一些学徒则会质疑，难道我们学到的知识足够了吗？我们不该去探索真正的万物规则，去理解神圣的秘密言语吗？不，柏拉图坚定地说，你们的使命并不是去探索更深的哲学奥义，不要像德谟克利特那样将时间浪费在虚无缥缈的物质之理上，那只是一种理智而非理性，你们要去投入真正的世界、身边的世界，教导人过合理的生活，只有这样，未来才会有人继续拓延知识的疆界，否则，连哲学家也将被毒杀，天文学家也会被焚烧，正直的人、渴望知识的人，也会被魔鬼批判。那我们做什么？弟子们问。去培养次一级的完美之人，教育他们更多的道德，使他们像你们一样，柏拉图说。

弟子们离开了，柏拉图独自一人坐在台阶上，吉肯之神陪伴在身旁，哲学家渐渐陷入深思，他真的有权力去这样决定弟子们的未来吗？为何他们不能够再去探索更重要的知识呢？但同时，他也想到自己还要再去教育更多这样的人，这是人类慢慢前进的基石，即便现在，他自己要在真正的真理之路上短暂停息。而且，他转念又想，真正追求知识的人是永远不会停止自己的探索的，而这……

他的大脑中突然浮现出一幅全新的图景，只有通过真知，才能够将人从品性与灵魂中做出区分。难道不是如此，真知就像是一座无限深远的洞穴？是的，一座洞穴出现了，洞口处是一盏灯光。最初的人们都背对着灯火，身躯和眼睛不能移动，只能看到墙壁上木偶的影子。于是他们便以为那影子就是真知。满足于这一真知的人们，必然对应他们在国家机器中承担的某种职责，比如，他们会是士兵，根据影子的指挥去奔赴战场。而另一些人并不满足于影子世界，因为他们的肌肉可以感知到头颅和眼睛的束缚，他们的手指可以感受到绳索的材质和强度，于是他们了解到自己可以运动，

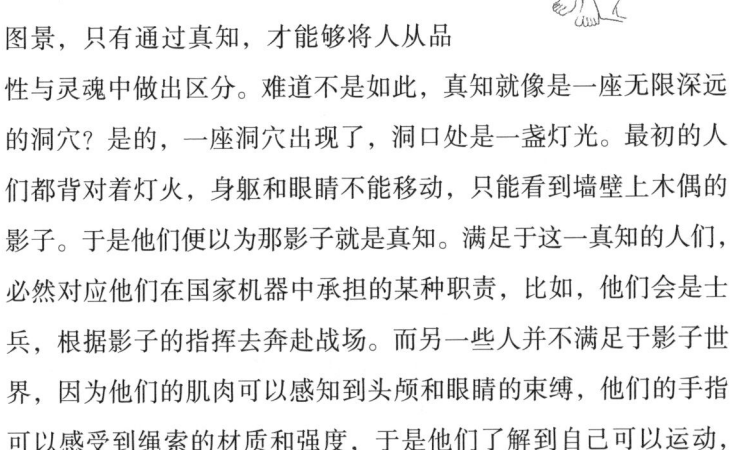

如今却被困住。他们一定希望知道自己为何被束缚，从而理解自己的处境，改变自己的处境。虽然他们并不能够建立起影子世界之外的经验，但有些人借助于图形的思考和猜测，有些人通过凭空产生的信念，另一些人通过思考建立的理智，还有一些通过真正的理性，他们都去想象和探索，同时他们必然努力挣脱，但那枷锁如此坚固，所以，其中一部分必然终于认命，他们最终相信世界就是由如此的影像构成，他们自己也是影像中的一个。另一些人则付出更多努力，挣断了脖子上的铁环，他们看到更高层的人偶，于是知道影子世界是他们的幻象。他们可能便满足于这一层真理，成为现实中国家的指挥官。但还有一些人，极少数的人，最终挣脱了手脚的束缚，爬到了更上层，看到了洞口，甚至找到了灯光，他们得到了最终的真理……

这便是理想国，理想国正是一座可以供所有人去探索的洞穴，但每一次探索又都要付出代价，这代价约束着不同的人，让他们去行使不同的使命。柏拉图兴奋地想，他将这个形象的隐喻写在了国家篇行将结尾的部分，如荷马在他的史诗中留下的隐语一般，如果人们都读到和理解这个故事，便可以自我教育、寻求理性。它会使明白它的人通向国家篇的最终所指，一个完美的国家体系。而真正理解这深意的人，则将通向理想国之外，他们会明白国家、民族和信仰最终是一个虚构的理念，人不该为他们羁绊，而应去探索更高深的真理。

柏拉图幸福无比，他想到最现实的问题，那便是著书立说，这样，他就可以不必再亲力亲为，去培养完美之人了。伟大的哲学家柏拉图完成《国家篇》编纂的那一天，也愈发理解那些囚禁在洞穴之中的人。是谁创造了这个故事呢？当然是他自己，而同时，他难道不正像造物者一样决定着这些影子世界中人们的命运？那只是一个比喻，那些人是故事中虚构的，他想。但为何那是虚构的？他像一个努力挣脱的洞穴中人一样，在思考更深刻的东西：他通过思辨创造理念，当一个理念诞生和传播开来，总会有更多的人理解它，它便开始于无形之中塑造人们的灵魂，人们会去思索影子世界的理念，而这故事又在潜意识中决定他们的生活。有人会受到积极的影响，他们像寓言中那些走出地洞的人一样去探索，而其他一些人则会受到消极的影响，他们会想

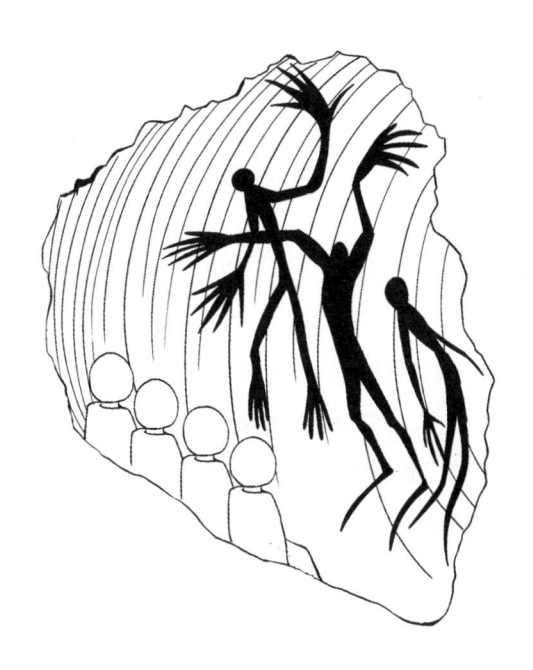

到，世界不过是一个影子，即便了解更高的真理，我们也无法确定世界的真实性，他们开始消沉，碌碌无为，成为第欧根尼一样的人。从这个意义上讲，那些理念显然具有实在的作用，就像人可以通过金钱、武力、语言改变他人。具有某些正确意见而没有理智的人与盲人走对路并无什么不同，人受到遥远的荷马诗歌的感动和受到面前一个人的帮助带来的感动又有何不同呢？我们所说的人究竟是什么？难道那不正是因为可以接受许多理念，从而构成他们复杂而独特的灵魂，并以此来决定一个机械一样的躯体的运作？进而继续参与生活，与人交流，获得理念，塑造灵魂，人难道不是这样的循环吗？那么，这些理念才是真实所在，而肉体，就像是洞穴中那些可怜人的眼睛一样，它们不能转动，不能决定自己的命运。而最后，我们又无法确定灵魂的实在性，它只能被灵魂的驱动所感知，而这感知又不是准确的，感知世界便建立在这无法精确的感知之中，那么，这个世界便不存在任何能够被确定的东西，它真的就像是一座深不见底的洞穴啊……

也许柏拉图永远不可能解答，但他却开始摧毁理念世界的大门。那个时代，人们还未从根本上理解的东西——荷马的"看"究竟是什么意思。他们还认为眼睛是太阳之子，而几何学家得到的知识如同盲人的想象。但苏格拉底留下的只言片语时刻提醒着柏拉图，对于世界的探索才刚刚开始，吉肯之神，则早已来到我们的世界……

柏拉图愈思索洞穴隐喻，愈感觉它在无限扩大。现在，洞穴的概念已经印刻到柏拉图的灵魂之中,就像数学家理解的几何图形,它们在碰撞、旋转、结合和拆分,它们在思考,而柏拉图在消失,他变得越来越简单,越来越抽象,越来越弱小,真的如同他自己创造的影子世界里的人,试图挣脱,却无法转动自己的视线……

柏拉图被洞穴吞噬着,真实的世界也在崩塌着,他昏昏沉沉地坐在窗前,渐渐老去,一动也不想动,他的弟子在身边守候,他叫亚里士多德,是一位智慧无比的青年,但却无法理解他导师的心念。弥留之际,柏拉图还想说什么,但没有说出,吉肯之神在桌上的水瓶中,只将极乐带给最后的智者,他看到了它,或许可以幸福地离开洞穴,走向灯火了。

正如荷马描绘的那样,等边三角形降临那一天,盲目的首先看到,明眼的人则视而不见,等边三角形降临那一天,我们真的看到了吗?

第二章

看的游戏

我们难道不都站在洞穴外观望，观望着过去的人们，无论他们多么有智慧。而且，我们也可知道，未来的人们还会站在洞穴外继续观望我们。

一
罗斯科和自我

造物者站在洞穴外观望,所有的时间都像剪影,都像一个游戏,但又仿佛不是。

事实上,我们难道不都站在洞穴外观望,观望着过去的人们,无论他们多么有智慧。而且,我们也可知道,未来的人们还会站在洞穴外继续观望我们。洞穴并非他物,正是由人的大脑和时间共同构成,站在时间洞穴底部的人,永远无法触及高处的真实,因为大脑对于知识的积累也是一个漫长的过程。

高古时代远去,人类已经在科学思维和技术手段上提升到另一个更高的层次,甚至对现代科学稍有了解的人便可以嘲笑古希腊人那朴素的世界观,他们对物质之理的理解如此浅薄,对人类感知的解读也错误百出,但不要忘记,只有少数人能够看到等边三角形的降临,他们拓展着认知和理性的疆界,如果没有他们,我们仍然在洞穴的最底层。

而在这一进步之路上，伟大的亚里士多德的启发至关重要。众所周知，亚里士多德作为柏拉图的门徒，与导师存在诸多意见上的分歧，事实上，他们所关注的核心问题已经截然不同。伯罗奔尼撒战争败北之后，希腊民主制度受到挑战，而苏格拉底的门徒中也派生出犬儒一派，用消极避世的方式对抗着人类社会的混乱和复杂；或许便从此时，亚里士多德决意不再将自己的智慧完全投入到对理想国的建构，重蹈苏格拉底之覆辙，于是他重新回到对自然、物理和数学法则的研习之中，在未来的漫长世代，使得人类最聪慧的头脑得以再次跋涉由博物学、物理学、占星学、炼金术、解剖学和数学等复杂缤纷的知识领域共同构造的真理地图，如果没有这一自然科学的回归潮流，也许我们还要在科学之路上摸索更久。如今，毕达哥拉斯、苏格拉底、柏拉图和亚里士多德，已然成了描绘在古老教堂的装饰，人类来到一个新时代，我们能够看到拉斐尔的《雅典学院》，但再也没有像拉斐尔一样的艺术家，为一些光影世界的形象去描绘细致入微的线条和色彩了。

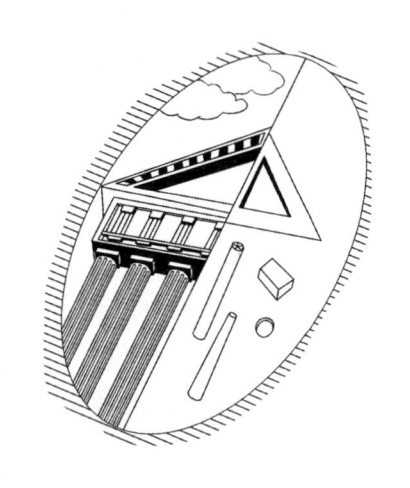

艺术，代表的高古时代的神圣已被人类精神的崛起而取代，吞噬了大教堂的大地上，堕落的遗迹已被忘却，拥有更高智慧和更先进机器的人类，穿越大海和莽原，征战不息，寻找财富。新

的理念占有了他们的生命力，在这坠落星球上，古希腊的高贵艺术，体现着宇宙和谐与静穆的诗篇、雕塑和建筑，有的早已毁灭，有的虽在传唱，但已不再对人具有信仰力。哲学家还会不断阐释希腊文明所带来的更多精神遗产，而东西方文明的冲突与融汇，让新的哲学更加迷恋形而上的悲剧性，那悲剧性源于每个个体的苦难与冲突。尼采、叔本华、海德格尔，他们发现了人的悲苦和存在的虚无，在这荒凉的大地上，诗人何为？那些创造不同艺术世界的人们，需要寻求答案。

一个从小历经无数家国苦难的犹太之子，一定比更多的人能够更深切地体味这种悲剧，他在二十世纪初的地球上诞生，刚刚七岁，便见识了极权体制对犹太人的恶意，第一次世界大战爆发，他随父母举家漂泊异国，来到新的自由民主的美利坚，然而人类社会共同促成的经济大萧条，将这一流着奶和蜜的国度，变成了悲剧的集中营。正如亚历山大图书馆被毁灭时，奥利匹斯山的诸神仿佛远去，而今在他们的颠沛流离中，他们自己的上帝也不能拯救。那么，人就该屈服于这绝望吗？

总会有人终究为艺术所感动，就像日后他坚信自己的画作总会感动特别的那些人一样。他无数次看着自己的双手，艺术何为？既然上帝可以为人创造出追求美的心灵，又为那些艺术家创造了格外聪慧的眼睛和灵巧的手，难道它们只能被用来制造为远去的世界留下印象的色彩而已吗？他看到过文艺复兴大师们所描绘的世界，他们试图见上帝之所见，传递着那个时代的肃穆庄严；

他也仔细研习印象派、表现主义和野兽派那些功成名就的大家,他们在各自的时代精神下,用朦胧的、热烈的、尖锐的或深沉的画面语言,表达着每代人的觉醒和新知;而同时更为前卫的立体主义、抽象主义和超现实主义正在崛起,他们看到更丰富的空间结构和艺术主题,拓延着对世界形象的表达方式和对自我的理解深度。

在求学艺术的时光中,这个年轻人时而心醉于人类的创造力,时而又感叹人的局限和无知;时而预感一种新的艺术语言将会被创造,时而又不得不屈从于眼前的生活。大萧条时代的年轻人,颠沛流离,过着忍饥挨饿的日子,在餐馆打杂勉强度日,他阅读哲学、神学和诗歌,理解存在和神圣,他静默地忍耐着无人问津的孤独,也不停地追问自己,艺术的终极意义。当他最终获得能够创造艺术的宝贵时间,便决定去开创一种前所未有的绘画,绘画不仅仅是看,而且是看到"真实",而真实必须打破人类日常的交流方式所展现的现象,去启发人与画面的本质交流,那本质必然大象无形、缥缈不定,体现着更高的逻各斯[1]。一定要忠于内心,忠于内心便不再是忠于自己之所见,而是忠于自己之所思。

他终于抛弃了所有那些充满诉说和寓言性的前人的画面,无论是立体主义抑或超现实主义。他要用更纯粹的方式去创造更纯粹的语言,他想到色彩,就像牛顿从太阳之中取下了七种色光一

---

[1] logos,源于古希腊语,意指人类所追求的终极法则和真理。

般，色彩已经太过长久地被隐藏在言说之后，这神圣的元素，这太阳神的馈赠，让它本身呈现真实吧，让他本身照亮思想吧。

他坐在画室异常明亮的灯光前，只有这灯光能够包容所有色彩元素的本质。他要创作的画面很大，就像古希腊那些雄伟的圣像一般。画布一旁的桌子上，吉肯之神在酒杯中注视，等边三角形降临，只不过现在，它分裂成橙色、红色和黄色的色块，在寂静的空间孤悬。仅仅是色彩吗？是的，但那色彩便是我，而我即是万物，我是被生活摧残的犹太之子，但也是犹太人的历史；我是一个创造新的艺术形式的画家，但也是那早已存在的色彩借助我的手展示它们更深刻的表达；我是尼采的一部分，那是红色的酒神狄奥尼索斯与查拉图斯特拉的灵魂碎片，他们在用一种新的语言表达，大音希声；我也有一部分是古希腊，那一部分是金色的黄金时代的智慧带给人类的集体记忆，另一部分是一种思辨的无限可分的蓝色粉末；我还是我的父母，去国怀乡的犹太人，见识过对这个民族同胞的屠杀，我是我的未来，用更高处的眼睛看到此刻的我的整体；我是我的泪，每一小块色彩都是一小块情感；我是我的哲学，它们又放射出不同的概念之光，共同构建着我。而我并不是"我"，或者我即万物，此刻，在无限的时间中绵延的无限之我，便是这幅画卷。

当这幅画卷完成之时，他知道，一种真实诞生了，而非常奇特并准确的体验是，创造这一真实的自我已然消失。虽然，在创作这一画作的物理形态之时，他在把握灵魂中的每一个细微的情绪，以至于每一个细节、每一个色块、每一次颜料的铺就，又通过双手,如同翻译一般地倾注着最真实的情感和理性,但如今当它完成,这些情绪仿佛已全然消失。现在,是这一画面反过来,开始对自己表达。他把画室里刺眼的灯光调暗,而周围一切仿佛早已消失在黑暗中,正如同一颗艺术之心悬于黑暗的纷乱世界,而那世界却早已不再被他关注和试探,巨大的色彩,对那肉眼所见的世界抛弃得最为决绝,它们之中便有了高古时代的悲剧言语,有了一个独特的人类跨越几千年时光所看到的真实。他哭了,哭声在画廊中回荡,他仿佛体验到了另一种出埃及的震撼,而这比摩西走得更为遥远。

这幅作品耗费了他太多的精神,让他大病一场,直到许多天之后,他才敢再次去注视它。他沉默着,什么都没说,然后小心翼翼地拿起笔,在画面后面写上他的名字,马克·罗斯科。但这已经毫无意义,因为只有在创作之中的那个罗斯科才与这画面相关,只有创作之中的罗斯科才最真实,那种体验就像一面镜子,只有真实的自我才能创作真实的画卷。于是现在,他要去不停地创作,那便是艺术家最真实的居所。他站在色彩的宇宙中,吉肯之神在桌上的酒瓶里,色彩在世界的大门前。

罗斯科就这样画了二十多年,人们渐渐知道有一个"疯子"和傲慢无礼的家伙在画画,没有人能够读懂他的画,而他也从不解释。那么他到底在画什么,通过那些疯狂的绘画又达到什么?人们越来越好奇,但他们只是好奇,却并不会去体验。吉肯之神会昭示那些真正的创造者,那是高度抽象的顶点,正如柏拉图和苏格拉底所阐释的两个不同世界之间的关系一样，肉眼所见的真实只是真实的最低层次，真实正如数学的无穷，拥有无穷的层级，无穷之无穷，才是宇宙。宇宙自然地展开着，人却只能见其有限的部分，多么可悲的影子世界里的人！还在为这极少的部分，浪费着精神和时间。

罗斯科不想回答那些评论家、记者和附庸风雅的贵族，他甚至厌倦人类，他想快点离开他们，于是便匆匆地选择了自杀，仅用他的画卷为世界留下一扇新门。是的，如今当我们再次走向罗斯科那巨幅的色彩之中，一种真实便复活了，有的人走向它，那成为一种对集体记忆的回归，另一些人则无法理解，他们也因此丧失了一种语言。因为吉肯之神告知，可以看到的总能看清楚，看不到的必须保持沉默。

二
寄情山水和留白

艺术在每种形式中建立神秘的"看"的通道。正如毕加索回归孩子一般的作画一样，天真的艺术家总能看到万物为一、一为万物的瞬间。遥远的东方，一群放荡不羁的中国名士正在山水间纵情快饮、挥毫泼墨，或是因为亡国之恨，或是因为怀才不遇，种种传统文化带给他们与周围世界的心理冲突，使离群索居成为最好的生命出路，他们为这些自认为高贵的理念而存在——"或取诸怀抱，悟言一室之内；或因寄所托，放浪形骸之外"。而从人的基本的认可需求上，他们又渴望形成一种有别于世俗风气的影响力，使自己的抱负能够彰显于那个被他们鄙夷弃绝的俗世，于是，他们非常乐于相聚在各个名山古刹，营党结社，以

成风气。

聚而饮酒、谈古说今、指点江山、吟诗作赋，于是浩浩乎如凭虚御风，而不知其所止，飘飘乎如遗世独立，羽化而登仙。他们的形象就如这古老帝国真实世界之外一片挥之不去的影子般，已经存在了三千多年，而这个世界，也因此仿佛成为一个形象的洞穴。

名士们的绘画有高度相似的结构，其一在于他们会在画面中大量留白。留白正如罗斯科所创建的世界之门，但不同之处在于留白更为纯粹，它必须通过人对世界的深层理解建立想象，通过留白那未曾说出的语言，通往无限。甚至留白已经决定了绘画的整体，因为名士们的创造已无意工于布局，他们并未经历遥远的科学思维的洗练，因此对古希腊与文艺复兴时期的艺术大师们追求的真实也无体会。但他们被真实世界与理念世界夹在中间，无法抽身也很难前进，这状态便成为他们构思的羁绊，对于他们所创造的艺术的整体展示，有着如同他们半归隐状态的心灵生活一般，总带有欲说还休的情愫。美术作品时常通过与语言的呼应才能够成为整体：如果我们观察一幅完整的名士画作，便会发现它建立的根基并不在于留白或主体，而在文字。他们或许并未发现，纯粹的留白应该带有一种形而上的哲思，它与罗斯科的色彩具有相似的构建，但同时，画面主体却是一种介于写实与抽象的中间状态。他们不会像古欧洲的艺术大师那样去刻画英雄和圣徒，也不像立体主义那样表现空间的复杂结构。这种中间状态大多只体现自然的情趣，因之既不朝向神性，也不展现人性，而是一种与传统哲学相呼应的自然在宥的状态。所以，他们只思考心中的自然，不思索外物。

他们在作画时常因机缘而异，所以每幅作品即便描绘相同主题都会形态各异。网格法和透视法不存在于此，他们并不复制，而是表达心中的情感。他们的绘画不以基于眼睛感知的"像"为目的，因而并不会真正走进现实，而仿佛是从现实中抽象而成的山石、树木、竹林、花鸟，来到画面中亲近作画者。比如他们通过对墨色的反复研究，来模拟出光影深浅的效果，例如绘画如保罗·乌切洛《林中狩猎》一般的具有极强空间感的层林，需要将墨的浓淡进行多种调和，这个过程与罗斯科也是一样的。通过不同墨色的模型，反映出光的强弱、反射及物的远近、动静等形象，从而创造出"返景入深林，复照青苔上"般的妙境，实际上这便是东方哲学中对于空间的理解，也正是禅修中所讲的"见山不是山"，是中国文人所说的写意。东方哲学存在的漫长时间中，不断对前人所总结的生命观念进行阐释，阐释者很可能终其一生去理解孔子或庄子的几句话，这证明了他们与常人在智识上的不同。他们时常提倡一种观念，芸芸大众的"看"是用眼睛，而文人雅士的"看"则是用心。现在我们明白其区别，前者可以通过科学的手段判定真伪，后者则不能。当然，他们从来不在意别人认为的真伪，他们对别人评判的反馈通过画面是无法看到的，也只能通过画卷上的文字理解。

罗斯科在古典绘画和抽象作品发展两千多年之后，在西方绘画如此深厚的积累之上，才最终理解东方名士的方法，作画的体验必然与他们所强调的"格物致知"的生命体验相契合。此时，西方哲学也通过对东方哲学的认识和思索，出现了叔本华、荣格和黑塞。而从未经历这些积累与演化的中国文人，则沉溺于这种"天人合一"的超越日常感官的共鸣之中，这成为他们最高的奥义。但令人不解之处在于，罗斯科之门早已在中国文人绘画中开启了两千多年，却并未有人真正地走进去，他们或许是被那留白之上的文字阻挡，那如同一道巨大的枷锁，使这扇门未能通往更高的逻各斯，而成为将他们重新推往尘世的无形的手。

事实上，在这个古老的文明之中，人们对于"美"的追求存在于另一情志之中，美不在于理解，而在于对"不解"的包容和欣赏。虽然在漫长的帝国历史上，也曾出现不同的思潮，追求最基础的真实，但因为种种因素，或统治的意识形态、或不同宗教的教化、或战争的偶然、或皇帝和贵族个人的品好，那种朴素的真实的追求便早已被遗忘。他们寻求美，却极少有人提到"看"的问题，即便提到过，也被"正统"的思想所掩盖，中国文人会高傲地一笑，说："你能看到，你不知道。"于是在漫长的文化取舍间，"看"的真相对于东方人似乎并不再是一个问题，他们下意识地看到，却不会以此为指引，行之更远，思之更深，而是停留于隔岸观火之中，但依旧达到了某种生命体验中的欢乐。可我们终于看到被掩埋在历史中的这些画作时，也会有人追问，"看"究竟是什么？

三
邦纳综合征与格式塔

等边三角形降临那一天,盲人荷马如何看到?

荷马之后的千年时光,解剖学、医学得以发展,十七世纪的科学大爆炸带动着所有技术的进步。光是什么?自然科学家不断质问,柏拉图的解释已然失效,艾萨克·牛顿将它分解成了七种色光,正如罗斯科的画卷,元素被发现,真实在重建,而神圣也被解构,等边三角形从史诗中走出,来到普通大众之中。

一位博物学家查尔斯·邦纳首先发现了一种奇怪的综合征,那出现在他患有白内障的祖父身上。患者跟荷马一样,几乎全盲,而直到他听闻荷马的故事才肯将自己的所见说出,因为在人类的世界,自从上帝的形象出现,魔鬼便随之而来,而他看到的异象难道不是魔鬼作祟?

幽灵和鬼魂不仅出现在戏剧和传奇故事之中,更出现在中世纪漫长的黑暗现实里，魔鬼与死亡相关，平静的死亡可荣归天国，而死于非命则并非仅仅是一种简单的生理现象，更是魔鬼的作恶和惩罚。即便是没经历过的普通人也不会忘记黑死病的恐惧。公元6世纪，黑死病第一次爆发，人类世界成为尸横遍野的地狱，一些历史学家认为有大概一亿人因之丧生，那或许是大洪水之后人类面临的最大的惩罚。勃鲁盖尔和希罗尼穆斯·博斯将它画入画卷，但丁和弥尔顿将它写入诗篇，没有人敢去回忆和想象那恐怖的场景，然而，它依旧在历史上不断重演。公元14世纪，第二次黑死病席卷欧陆，历时70多年，英吉利与意大利几乎有一半人丧生，整个欧洲也有四分之一的人口受难。除了魔鬼谁还能够有这样的威力？基督早已告诫人们，猫代表了"淫荡""邪恶""阴森""黑暗"，那是女巫黑魔法的化身，更是将黑死病带到人间的罪魁。正派的信徒都应该谨记十五世纪时，教宗英诺森八世发表通谕《最深之忧思》，他告诫人们，女巫和黑魔法是邪恶之源。洗涤开始了，洗涤经过数百年，几十万女巫和更多的黑猫在宗教运动中被惩罚，人们在烧死他们的大火中为胜利狂欢，英格兰颁布《巫术法案》，法国每年举办屠猫的全城庆典，但真实的世界是否因魔鬼的战败而到来？

没有人渴望遇到魔鬼，但他们真正存在。邦纳医生的祖父保持缄默，邦纳医生深知他是一个正派的信徒，他一生都在履行一位基督徒的义务。我并不相信魔鬼，邦纳医生说，世界已经发生了许多变化，教会也会犯错，而且时常会犯错，比如我们烧死女巫和布鲁诺的时候。但现在世界已然变迁，牛顿将太阳光转换为

七彩光环，也并没有遭受宗教的审判，这是科学，科学的时代已经到来，我们通过这个途径，才能变得更好，而人的眼睛就像整个世界一样复杂，如果您能帮我解开它的秘密，就像帮牛顿找到了万有引力定律一样伟大。

他的祖父终于开口，他"看到"了人类、飞鸟、建筑、车辆、画卷，甚至远古的图腾，在很长一段时间里，他相信自己这个可怜人受到了魔鬼的捉弄。我很清醒，他说，虽然我盲目，但我深知世间的一切道理，我可以背诵《摩西五经》给你听，我还知道怎样去理解人们，而那些时不时出现的幻想，是我理解不了的。

我明白，邦纳医生说。就这样，看的问题被揭示出来，等边三角形这一神秘之物，随着人们在医学上的进步，已渐渐丧失了神秘性，虽然它保持神秘的形象时如此迷人。人们把这种看的问题称为邦纳综合征，病症患者通常因为衰老或视神经受损而产生视力障碍。据英国精神病学研究所估算，大约200万英国人会出现视幻觉，其中相当一部分由邦纳综合征引发。那么等边三角形的降临并不是一种独特的体验，而要揭示它的秘密，不仅要通过对于眼睛的研究，也要通过对大脑的研究才能有勉强的科学性的答案。

而当我们的视角开始走进大脑时，便开始以自我的眼睛注视自我，"看"或者说"感知"甚至说"真实"，在不同的层次上表达着这个"自我"，而它们表达的那个终极意义究竟是什么？柏拉图在《理想国》中讲到眼睛发射的光线是看的基础，但我们知道那并不存在。而随着科学的不断进步，牛顿发现了光的秘密，之后通过伽伐尼的神经电流实验，我们了解到生命体充满"生命力"，那实际上便是神经元传导的作用。同一时期，华莱士和达尔文对演化理论的研究，让人们逐渐相信造物主也许并不存在。两千年的古老信条面临着崩溃，"看"，以及人的一切感知和理解，也许仅仅是在漫长的演化之中，形成的愈发复杂的神经结构的作用而已，它仅仅是为了适应人类的生存环境。而对于这一结构的进一步探索，让我们了解到从眼睛到大脑，视锥细胞、视杆细胞、视神经节细胞和视神经皮质的许多工作原理，它们将捕获的信息，提供给大脑，进而建构出一个外部世界，这便是"看"。

在这一框架下，我们便很容易理解等边三角形出现的致病模型，疾病发生的原因，必然是由于在感光细胞、视神经纤维或视神经中枢的某个环节中出现了错误。"看"这一建构过程如此复杂，错误一定在所难免。邦纳综合征患者，其视觉系统功能受损甚至部分丧失，导致完整的"看"的闭环不能形成，因此大脑将会自行修补丢失的细节。这些形象的出现并非疯癫和神志不清导致，因为它们并不建立与观察者的关系，它们只是像鬼魂的影子一样出现又消失。

此后，随着实验技术的提高，人类逐渐发现大脑对于视神经信息的补充每时每刻都在发生，他们发现演化导致人类眼睛本身的独特结构，感受色光的视锥细胞集中在视网膜中一块直径只有1毫米左右的中心凹区域，它形成人类视野中一个只有5°的视角范围，只有这一小块区域的景象能被清晰捕捉，之外的影像信息则是模糊的。模糊影像可以通过两种途径补充而得，一是转动眼球或躯体扩大视野的范围，另一种便是大脑对其进行的信息补充。

在罗斯科生活的年代，三位德国神经学家马克思·沃特海默、沃尔夫冈·科勒尔以及库尔特·考夫卡开创了一种新的对"看"的理解，这全新的视神经心理学，后来被称为"格式塔"。差不多同一时期，摩尔根提出了基因学说的概念，而二战结束后，沃森、克里克在女生物学家富兰克林提供的DNA衍射图谱等资料的基础上，提出了DNA双螺旋结构，这是人们现在相信的生命生殖延续的基础，但这并不是全部。克里克对"格式塔"的解释建立在基因学基础上，他认为"看"是大脑根据以往的和基因中所体现的远古祖先的经验，通过发现视觉信息各部分的最优组合来构造和呈现的整体。格式塔学派正是试图对这种组合中最重要的"各部分间的相互作用"进行分类，这些相互作用被称为"知觉定律"。

由此，"看"不再仅仅是由眼睛到大脑的过程，同时也是由大脑信号构建某种概念的过程，而这一概念的形成又是更为复杂的经验知识、先验知识甚至超验知识的作用。对于"看"，在更高级别的结构中，它受到的制约也变得更加复杂。与邦纳综合征相似幻觉还可能直接产生于大脑，例如"颞叶癫痫"，是颞叶的视皮质病变导致的，它形成的影像会与人产生联系，交谈、争吵甚至打斗，正如哈姆雷特看到的丹麦王，它们是文学中常见的桥段。而小人国综合征将人带到《格列佛游记》的世界，共感现象则时常被写入科幻小说，每年报道的大量不可信的不明飞行物目击事件，也很可能与之相关。在阿尔弗雷德·贝斯特那部获得首届星云奖的宏伟太空歌剧《群星，我的归宿》中，主人公格列佛·弗雷（这个名字正是向《格列佛游记》致敬）在故事最后将自己改造为战斗机器，在燃烧的烈火中，共感出现了。我们可以推测贝斯特对神经现象的解释：那些机械元件在特殊条件下发生了故障，导致传入弗雷头脑的信号发生了紊乱。我们时代的人工智能专家会将人比作机器，而事实上这种带有浓厚思辨意味的构想早已在人类文化中存在了数千年，中国战国时期的古籍《列子·汤问五》中记载了"偃师造人"的传说，这个机器人被献给了周穆王，但它仿佛真的具有人的情感，并因向王的宠妃抛媚眼而被解剖，人们发现其身体是"革、木、胶、白、黑、丹、青之所为"。

我之所以会写下这些故事，因为之后的情节中，我们将会看到两个非常奇特的案例，它们正发生在一个科幻小说横行和脑科学大爆炸的时代，它们最初看来并没有多么事关重大，但逐渐地，我们会发现它关乎人类对于时间、空间和真实的理解，而这一切首先从"感知"这一最普遍的现象开始。对于"看"，以及其他的感觉，虽然我们还远远不能完全掌握所有细节，但这也足以让人感到失落，"看"的确是一种精密的感官，人们通过它建构实在与自我之间的桥梁，但如果我们认可这一比喻，便必须认可一点，即桥梁不能架设在虚空之中。这座桥梁的根基到底是什么？我是什么？世界是什么？什么首先建立，从而桥梁才能建成？我们所说的真实究竟代表什么？这一追问从休谟、康德时代延续至今，直至等边三角形消失在科学的显微镜下，人类也不再是万物的灵长、宇宙的精灵，它依旧没有答案，甚至或许永远不会有答案，但路漫漫其修远兮，吾将上下而求索。

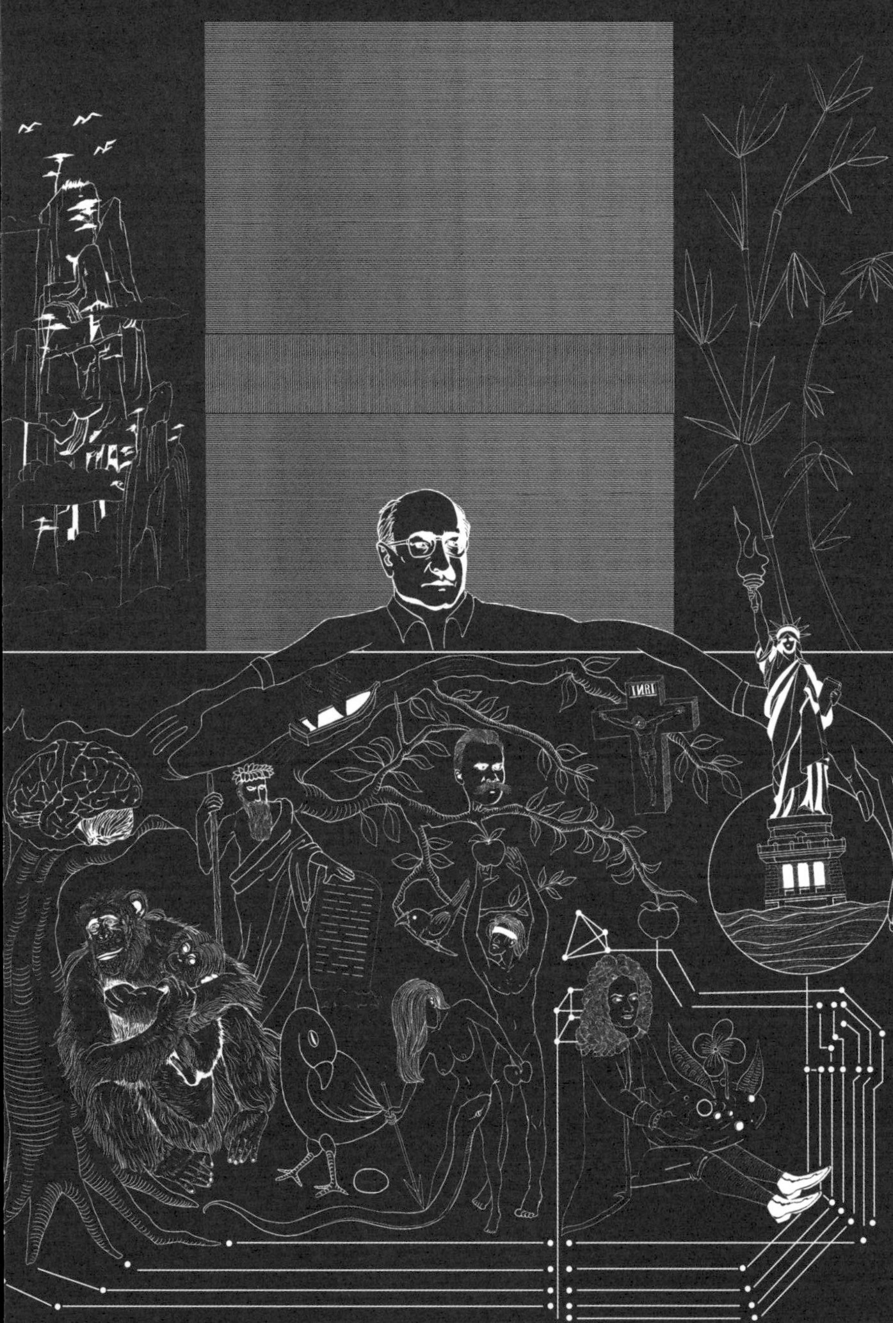
INRI

四
知识分子和模糊理念

这些哲学家的终极问题最终将人类带入关于"灵魂"与"自我"的危险地带。那是一个看似平静却布满悖论的荆棘的深渊。赫拉克利特说,人无法两次踏入同一条河流,人们相信这是普遍规律,而人也是变化的,这种变化是由对世界的不同反应导致的,我正是"我"看到的世界在自身的呈现。同时我又是连续的,这首先建立在时空的连续性上,我做的任何事情,无论我有没有注意,甚至已经遗忘,它们都在连续的时间与空间中发生。同时,它也建立在理性和理念的连续性上,因为自我并不仅仅是肉体的,也同样是灵魂的。

罗斯科在创作时审视自己,感受到"自我"的丰富,自我的概念中包含着他曾经拥有的知识、思索和情感,它们共同形成一个理念的集合,这个理念集合让罗斯科成为罗斯科,让他绝对地认为毕加索和波洛克的作品低劣,并绝对地认为独特的艺术不应与商业相关。理念是使每一个人类个体成就其独特性的元素,人

类历史上发生过许多对理念的强制性摧毁或变革事件，那些或被称为英雄或被视为愚昧的人为理念献身，正如高古时代的英雄们为神圣牺牲。而在越来越复杂的理念取代了神圣的独一性后，人类便成为被各种文化塑造的不同种族，但信念对他们的影响依旧强大，每个"自我"的定义都紧紧与这些理念相连，人类认为他们拥有自我意志，但自我的构成则异常复杂。

与罗斯科同一时期的欧洲大陆上，人们经历着与其相同的残酷世界的洗礼。我们把人类分成两个相互关联、区别不那么清晰的两类，不是犹太人和雅利安人，而是"创造者"和"接收者"。这一区分是根据他们与某种理念的关系而定的。正如柏拉图的洞穴之中，一些人总会比另一些人更努力地去发现新知；在理念的划分中，一些人比另一些人更乐于创造新的理念。那个时代，人类智识上的佼佼者被称为知识分子，但那并不是指掌握了更多知识的人，而是他们创造和传播了更多理念。在这之前，必须简单地区分一下"理念"的性质，没有任何一种理念是永远有益于人类的，反之亦然。但在人类社会演化的每个历史阶段，必然有一些理念在那一时期推动了人类前进，另一些理念拖住了人类的后腿。

知识分子，便是渴望"好的"理念的那些人。但非常清晰的一点是，知识分子并不可能总是创造理念，他们同样是理念的接受者。对于不同的理念，每个人类个体有不同的态度，但同时，他们对于人类其他成员形成了不同的影响力。作家、科学家、哲学家、艺术家、音乐家等等，他们通过自己的工具制造理念，影响他人，但也被他人所影响，不过总体而言，他们身上创造者的成分要多于其他人类。

在罗斯科的时代，知识分子的故事在整个星球上演，因为那正是一个理念崩塌的时代，一种新的、强大的、邪恶的理念被创造出来，许多知识分子甚至成为它的接受者，被蒙蔽、被愚昧、被摧毁。那个时代曾有一位奥地利作家斯蒂芬·茨威格，他对宗教改革的短暂历史做过描述，而这显然也隐喻着他们自身所处的时代，纳粹理念的统治。宗教变革的行动是残酷的，消灭一种理念可以通过宣传、洗脑、教训，但最直接的方式依旧是暴力。亚历山大图书馆的毁灭历历在目，十字军的"圣战"犹如昨日。而茨威格则描写了一个坚守理念的英雄卡斯特利奥的故事，他曾说过激动人心的宣言："我们不应该用火烧别人来证明我们自己的信仰，只应为了我们的信仰随时准备被烧死。"茨威格通过艺术的加工赋予文学人物以灵魂，同时，一种理念被创造出来，这是知识分子的工作，理念将去影响和改变更多的"接受者"，形成他们的人格，进而改造世界。同时如同一种反馈一般，卡斯特利奥被高度凝缩的理念让茨威格看到自身，他的"自我"变得更加牢固，他的一部分成为"卡斯特利奥"的化身，这让他们共同抵抗了加尔文，也共同成为少数抵抗了纳粹理念的知识分子。但令人惋惜的是，在这理念之争中，茨威格虽然没有战败，却因这强烈而漫长的冲突、孤独、绝望，丧失了继续战斗下去的欲望。写下卡斯特利奥的故事六年之后，茨威格与卡斯特利奥走向相同的地方，他离开被纳粹践踏的故国，去异乡寻找他的"母语"，最终选择自杀。但时至今日，那被创造的理念依旧扩大着、影响着更多的接受者。

人类会因理念而自杀，因为人的核心并非知识更非肉身，它正是那不断被雕刻的理念。所有人类，不仅是西方文明的理想主义者，还是东方文明中那些被称为"士"的人，在每次经历巨大变迁的时代，每每面临着相同的处境。在第一次与第二次世界大战之中，遥远的东方帝国亦被战火席卷，古老的文明大厦将倾，所有知识分子都明白这一万马齐喑的时代，终究是落后文明的必然。而这一文明为何失败，对其根基研究至深的大师观堂，曾写下一篇关于上古时代商周之变的文章，细说古老帝国建立与延续的理念，以及经时光变迁，这一理念被深埋与扭曲的故事。对于深信传统理念的"士"，这一"真实世界"不仅是对自己理想的打击，也是对战火之中现实世界的反应，如同荷马看到自己死亡的预言。成文十年之后，大师观堂同样选择了自溺，留下遗言为"经此世变，义无再辱"。

古旧时代的这些人物是浪漫伟大的，他们创造的理念甚至也塑造着新的时代的人们。人类如果接受了高度契合的理念，那么他大脑的理念仓库中便很少允许出现相互冲突的理念，这便是理念的一致性和连续性。古旧时代，一些试图将人的理念高度束缚、将真理强行统一的时期，人类时常出现殉道的悲剧，革命、战争、教育、宣传，那个时代，每种理念都有它强有力的代言人，将人类大脑资源占据、攫取、利用、毁灭。而任何理念，无论它是否正确，是简单还是复杂，是令人快乐还是伤感，都在驱动着人的行为，它们可以轻易杀死人类，也可以让凡人成为超人；它们将高古时代的影子传给今人，也将自己的思想传给他人。理念穿越着时空的阻隔，它只能被个人忽视、稀释、屏蔽但从不会消失。

二十世纪后半叶，人类逐渐进入信息工业主导的时代，认知学家和人工智能专家试图通过技术探索人类意识的秘密，有人提出"缸中之脑"一样荒诞的哲学议题，有人则在询问，人既然是物理的人，又是理念的人，如果这些理念的集合可以像电脑的信息数据一样转移，那么另一个载体也同样会成为他们吗？我们认为的"他们"究竟是哪一个？这些问题很快引发了一批批人类哲学家的辩论，那些哲学家都是穿越千年时光而来，他们或者是柏拉图理念的凝聚，或者是黑格尔理念的接受者，或者相信理念真实不因感知而改变，或者信仰人的绝对精神决定世界的本源。

但争论之余，首先，要解决一个技术上的问题，认知哲学家对能够制造"缸中之脑"的看法是否定的，他们借用计算机科学中"组合爆破"的概念，阐释了通过技术模拟复杂的感官和意识世界，虽然理论上可能但现实则是完全不可能的，因为其所需数据之庞大，已经远远超过了能够做到的上限。自然，也有人反对，庞大的数据虽不能建立，但正如自然演化的眼睛可以通过模拟和模糊算法得到一个实用性的世界图景，那么为何计算机不能如此？

因为人类是独特的？另一位认知哲学大师曾追忆天才的历史，从不同领域的成就中，试图寻找意识在创造层面的相似性，他研究了伟大的巴洛克音乐宗师巴赫，视觉悖论艺术的集大成者埃舍尔和两千年来唯一可以与亚里士多德并称的逻辑大师哥德尔。他们的思维和成就中体现着某种相似的结构，赋格、自我指涉和逻辑的不完备性，表达着理念所包括的不同的层级，同时这也正是理念的瑕疵，因为没有一种理念可以被说尽、被精确地表达，它们不断变化，裂变成其他，改变着形态，甚至进入世界的不同角落。无穷，这个被言说数千年的词汇产生了更加丰富的意味，而人类，正因为消解了他们理念仓库中无穷的精确性，所以建立了更多模糊的关联和类比，从而创造出独一无二的"自我"。

人类永远无法通过人类自己或者他们发明的机器来理解和验证这种"独特"的基础，因为如果这种独特性被科学的方法验证了，那独特性便显然不复存在。机械中电流和逻辑门在运转，人类则模糊不清，神圣的和卑劣的理念，都源于先验和经验，他们再也无法知晓到底是什么，或者是谁第一个创造的理念在驱动着他们自身的理念。追根溯源，这最初的理念又是如何产生？是先有这个理念，还是先有真实的世界？无人可知……

从遥远的创世纪开始，到人工智能的时代，吉肯之神从西方到东方，从饮酒到禅修，从宗教到艺术，从音乐到传奇，从激情到肃穆，给人类带来启迪和希冀。吉肯之神再一次到来。机械永远不会有灵感的欢愉，它说，我从古老的荷马的典籍中、毕达哥拉斯的音乐中、亚西比德的宗教仪式中、柏拉图的洞穴隐喻中、尼采的酒神精神、罗斯科色彩世界以及东方名士们逍遥不羁的挥毫中，带给人类至高的欢乐，我穿越几千年的没落和进取，为人类提供灵感，我带来等边三角形，也带来贝多芬的合唱，我制造和谐的体验，也带走你们灵魂的安然……

吉肯之神呼唤，却一闪而过，没有留下任何线索，就像我们的灵感，它无法被解释和制造，只能祈求运气。这就是人类，也是人类的病，真实的世界恰恰在这仿佛病态的模糊性中呈现。

五

吉肯之神的原始记忆

根据地质学家们的推测,吉肯之神第一次来到地球时,可能早在白垩纪,人类还要等漫长的几亿年才能出现。但吉肯之神是自然之神,他们在丛林中,在微生物的世界,在冰期交替的星球上,就那样静默地等待人类几亿年。直到这种食虫类哺乳动物的后裔,慢慢地爬上演化之树,慢慢拥有了足够的智力去理解世界。

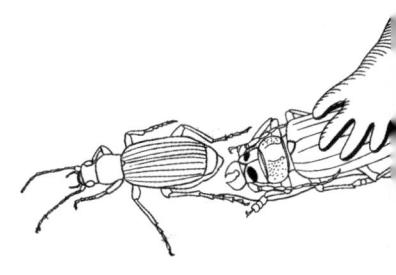

最早的智人人种在非洲出现,那里茂密的棕榈树林为吉肯之神提供了新的居所,那里拥有数十种野生和驯化的酵母,这说明在那远古蛮荒时代,人类凭借极有限的智慧,便试图迎接吉肯之神的到来。棕榈酒是他们的日常饮食,而吉肯之神让他们创造了更多的理念。从那些复杂的自然现象之中,他们开始抽象概念,风雨雷电、毒蛇猛兽、诞生死亡,通过归纳法,形成了他们最初的理性。在生物生存与繁殖的本能驱动下,他们对这些概念进行推理演绎,寻找它们之间的因果关系,进而趋利避害,保护自己,也保护着吉肯之神的延续。

他们在岩石上和洞穴中描绘着吉肯之神,他们拥有更多能力联合彼此,他们呼喊、歌唱、围猎、种植、建造、生育,举行盛大的仪式,这在星球上从未有过。他们舞蹈,与宇宙的星系交流信息;他们在焰火中狂欢,在死亡面前思索;他们饮下蜂蜜、棕榈酒、大麦的汁液、发酵的羊奶,注视着巨大的等边三角形注视自己。吉肯之神越发壮大,他已经驻扎在地球上最好的大脑中,大麦和山羊成为他的朋友,酵母则成为慷慨聪明的助手,吉肯之神再也不会离去!在一万多年前的粗糙陶器中,新石器时代的稻米、蜂蜜和水果,让他获得新的生机,也为那些大脑带来最大的快乐。人类捕捉这快乐,使它逐渐与智慧相关,他们开始用粗糙的语言描述自己"看到"的故事,等边三角形便是神圣的造物主,他们如此解释他们自己从何处来,神圣引领他们聚集,而聚集的人们看到相同的神圣,这神圣率领他们去战斗、征服、生育,让这些大脑中的吉肯之神遍及更广,让他们的复制品去治理更多的地方。

他们开始走向智慧和文明,虽然缓慢,但比他们从山林走向部族的路途要快太多。他们拥有了文字,只经过几千年,他们便来到荷马的时代,那些远古的记忆犹在,神圣的祭祀也传承下来。吉肯之神被歌颂,被写进荷马的史诗,成为柏拉图的"理想国"和老普林尼的巨著《自然史》。普林尼甚至介绍了如何召唤吉肯之神的方法："西方独特的酒精，将谷物浸泡在水中制成，这种方式别出心裁，连水也能让人沉醉。"

吉肯之神在人类的酒杯中，也在炼金术士的密室里，有关毒和药的知识很早便开始形成，四万年前的第一批人类便曾使用蓖麻碱的箭头。文明时代的古希腊人认为，毒品、药品和毒药，只是剂量不同，炼金术士尝试不同的配比，以获得奇妙的功效，德谟克利特斯将它们写入《自然与神秘之物》[1]里，传承给后世。古希腊时期的女性提取颠茄中的阿托品来放大瞳孔，到了中世纪欧洲它们被制成名为"会飞的药膏"的迷幻啤酒，吉肯之神又在那里显现。

从古至今，吉肯之神早已将它的力量印刻在这些脑体最深处，在人类意识几千年的变迁中，那些古老和崭新的理念都发生过诸多变化，但在这演化中，吉肯之神依靠它的强大凝聚力，让人们对理念世界的认知如同磁石引导铁屑一样，受着某种重要的趋同效应的影响。这是吉肯之神的魔法之一，因为只有人类才能建造金字塔和古希腊的神庙，只有人类才能开掘运河、穿越大洋、发展科技、思索奥义，只有人类能够拥有强大到改变地球的力量，甚至让它飞向宇宙更深的远方。但首先，吉肯之神将大脑团结起来，这是它的方式。但这一趋同效应又带来不可避免的弊端，在它创造早期人类集体记忆的同时，也让人类成为一种带有思想惰

---

1 出自《致命元素：毒药的历史》（[英]约翰·埃姆斯利，生活·读书·新知三联书店）。

性的有机体机器。随着人类种群不断扩大，组织形式也在变迁，但无论是部落、民族还是国家，无论在远古的蛮荒时代，还是今天的知识时代，每一种主导的观念都带着它的原始痕迹，人们膜拜它们就像原始人类聚集在火焰旁膜拜吉肯之神一样，他们并不需要思考和理智，他们只享受那短暂的原始的快乐。

我们看到世界变迁，吉肯之神的代理人也在不断演化变异，从最早的巫师、萨满、酋长，到文明刚刚萌动的炼金术士、占卜者、国王、宗教领袖，再到今天各种理念大爆发时期：虚构的"老大哥"、令人恐惧的军阀、卑鄙的政客、肤浅的娱乐明星。他们甚至仅仅掌握吉肯之神法力之中的某种巫术，就可以使众多人类顶礼膜拜，任何理念都可以被玩弄于股掌。国家、民族、自由、信仰，已经成为魔术师骗人的鬼话，而膜拜者不需要思考和理性，他们如同原始的惰性有机体机器一般，跟随着大多数人的步伐，赤裸地在毁灭的火焰前舞蹈，那短暂的肤浅的欢愉，便是他们从吉肯之神的精神中获得的全部。但吉肯之神那至

高至深的精神宝藏却早已被遗忘，人类，虽然可以轻易地通过酒精、毒品、洗脑、催眠、宣传等方式，短暂地窥视吉肯之神精神的吉光片羽，却很难再像荷马、柏拉图或罗斯科那样与之对话和交流了。人类的前进被自己的贪婪、肤浅、短视和愚蠢所阻挡。

在那样的一个世纪，完整的人与疾病的人并没有什么区别，真实的世界和通过游戏、宣传、洗脑得到的世界也没有什么隔阂，它们都已经无法再次建立关于"自我"和"真实"的概念，只剩下当他们说到"我"这个字眼时，看到有机体机器的机械活动而已。最后的人类，那些稀有的真正的人类，早已预感到末日即将到来。

第三章

在人类的末日故事之前，首先我们来讲一下上文提到的脑科学时代的两个大脑疾病的小案例，并以此拉开脑科学时代的序幕。

病态大脑

一
阿空的故事

第一个病例后来被称为"空间迷惑症",它首次发现于脑科学大爆炸的时代,那时的人们带着巨大的憧憬,认为对大脑及认知的研究终将会解开关于灵魂的一切秘密,"我""实在""自由意志"等等这些复杂的哲学概念也将被澄清,那个时代教育程度发达,年轻人喜欢阅读经典的科学和哲学作品,他们聆听音乐,沉溺于被称为"第十艺术"的梦境建造游戏。这个空间迷惑症患者便是这样的青年之一,在病例中他化名阿空。

阿空的疾病便与"第十艺术"相关,因为梦境建造游戏与古旧时代的电脑游戏完全不同,它是基于感官模拟学而打造的一种纯意识游戏,当然,"第十艺术"是早期的一款产品,当时技术尚未完全成熟,因此满足游戏条件的环境选择为人的自然梦境,而游戏则借助一些辅助手段对玩家的心理活动进行增强,从而让普通人在解决问题时能够像超人一样。梦境时常会产生令人意想不到的对于知识和定理的颠覆,它源自人的潜意识,潜意识能力无穷，甚至在科学史上曾启发过许多精彩的发现。

阿空的发病史是一个比较漫长的过程，就像古旧时代中的抑郁症或其他心理疾病一样，它有一段相当长的蓄积期。阿空是一个古旧时代的文化迷，他喜欢二十世纪末的黑暗金属音乐，读爱伦·坡和洛夫克拉夫特的哥特小说，看佐杜洛夫斯基和寺山修司的邪典电影，因此不难想象，在体验游戏中他更乐于创建遥远时代的场景。除此之外，阿空是一个聪明的青年，他的本职是一所大学的基础物理学讲师。

他虽然并不沉溺于这种游戏，但一段时间后，阿空还是发现自己患上了一种恐惧症，他翻阅资料发现这是一种古老时代的精神疾病。那时候的人类害怕高空，他们站到高处时会产生本能的眩晕，或者在面对深渊的虚无感时有跃入其中的冲动。这应该是人类天生的自我保护本能，但也可能是后天的学习所导致，他们害怕坠落。但在阿空的时代，建筑越来越高，飞行汽车和便携式飞行器早已普及，天空已经成为一个日常的生活空间，大部分成年人根本就不会再产生那种遥远的恐惧。

但阿空的恐高症还是逐渐严重起来，起初，他回避驾驶个人飞行器，也不敢再踏入超高层建筑一步，他把自己的住所搬到了地面。这给他的生活带来很多不便，步行或乘坐复古公共汽车是一件麻烦事,这让他非常疲惫。

他开始接受心理治疗,因为恐高症已经在这个时代消失很久,所以他这种孤例的病情并没有引起太大的关注,他被安排给 AI 心理医师,AI 医师根据数据分析对他进行治疗,但可检索到的有关恐高症的资料很少,那时人们关注的多是机器人恐惧症、变异病毒恐惧症或"老大哥"恐惧症等等。阿空得到了 AI 医师提供的一些基本信息:高空恐惧不存在,人类已经因为技术适应高空生活近一百年,医师建议不要忘记便携飞行器和微缩救生伞,通过这些装备可以尝试脱敏疗法,建议的治疗活动是在朋友陪伴下重新尝试飞行。

但疾病还未结束,恐惧症是一些极其顽固的理念导致的,阿空只能尝试避免接触高空,但即便如此,当他看到甚至想到处于高处的状态,也会感到极度恐惧。他像 AI 医师描述他的精神状态,感觉到大地是倒悬的天空,他会朝天空飞去,跌落到宇宙的虚空里。AI 医师经过长时间的运算却只提供给他一些最简单的信息:那种现象不会发生,因为人体与地球之间的引力作用会把他牢牢地固定在大地上。

AI 医师显然并不能够理解阿空恐惧的真正原因,而即便真正的人类医师也不一定会理解,这大概便是导致悲剧最终发生的原因。事实上,阿空的恐惧只在他最后的一段留言中得以描述:此刻我无比理解我自己,它抓住了我,那是一种对维度的恐惧,那不是能够轻易推翻的,即便站在地面上,也会想到,我,一个人类,具有思想,却孤悬在银河之中,周围冰冷的宇宙吸引我下坠、下坠……地球没办法保护我,虽然我的身体在这颗星体之上,但我的灵魂并不受地球引力的作用,它感知着宇宙,更深的黑暗和力量……我害怕维度,在"第十艺术"中,我看到一棵树被连根拔起,飞向宇宙漆黑的背景,我被惊醒,但如何醒来?……人们感知维度,但无法像我一样完全地感知它。宇宙在更高的维度中卷曲,就像许多相互垂直的敞开的大门,大门呼唤我进入真实,这恐惧折磨我,抓住我,又让我去探索宇宙的秘密,因为我要为自己解释;但越是如此,它越神秘……现在我最后一次体验这种恐惧,在这个黑夜,我已经离开属于我的和我属于的东西,我最后一次看到人类建设的这愚蠢的大城,来到这无知的建筑上,我知道几秒钟之后将再也没有维度限制我的思想,一切慢慢远去,直到再也看不见,但我也会看到更多,过去、未来、时间、空间……

第二天,阿空被发现死于坠落,他没有使用飞行器便纵身跃向大地,像古旧时代的坠落者一样。一些最早赶来的神经专家本想挽救他的大脑,但没有成功,人们再也无法知晓他理解的世界是什么样的。事故和披露的相关新闻报道引发了十年以来人类社会的第一次大游行,人们呼吁禁止人工智能涉入有关人类心灵活动的领域,游行持续数周,最终政府迫于压力解除了AI心理医师参与心理治疗的权力。

二
阿时的故事

阿时的故事同样始于游戏，那是一个稍有密室冒险性质的小游戏，其实它是一个大游戏主体的一部分。阿时进入游戏之中，发现了一扇门，门旁的墙壁上有一个手掌形状的感应按钮，面板上有一行提示：请根据感觉将手放在按钮上停留一秒钟。

当然，游戏对挑战者按下手掌的时间控制有一个偏差范围，根据这个范围可以调整门的开合程度：如果偏差达到 1 秒以上，门则不会打开；如果偏差小于 0.1 秒，门则会完全打开并获得额外的奖励；偏差介于两者之间的，门打开的程度会根据偏差大小来决定，当然，一般人需要打开半扇门或更少便可以进入。

阿时很痴迷于这个有趣的小游戏，并且他发现自己对时间感知的灵敏度非常高，仅仅经过十几分钟的训练，他就拿到了门全开时的额外奖励，他发现这比大多数人都做得好多了。于是，他开始反复玩这个游戏，他并不急于打开大门进入更多的游戏里，也不是痴迷于门全部打开时获得的额外奖励，他只是想挑战自己对时间的灵敏度。并且，不久后他发现了一个可以对游戏进行升级编码的程序，于是试着把门全开的最低偏差调节到了 0.01 秒。这次花费了三个小时的尝试和训练，他终于得到了额外的奖励。

但是第二次，又花费了他两个小时才成功。这是一件很无聊的事，但阿时还是用半个小时达到了 0.01 秒的准确计时。阿时异常兴奋，因为这证明他时间感知度的训练获得了成功，他大脑的某一部分开始记忆 0.01 秒的感觉。果然如此，从第四次开始，他对 0.01 秒的感知已经接近 0.1 秒时的成功率，他非常兴奋，连续实验了十次，他充满了成就感。

几乎没有人会为 0.01 秒浪费这么多时间，但一毫秒的挑战又让阿时痴迷了十天。阿时的本职是普通的外科医生，他在机器人助手的帮助下为人实施外科手术。他自然而然地想到，自己能够胜任任何与时间精确度相关的挑战。工作之余，他全心地投入到让反应更加灵敏和精确的自我训练中，直至发病时，他仍未想到，灵敏和精确的反应将会给他带来精神上的痛苦。

但最初出现的是一次褒奖，那是一次并不需要太多技术的外科手术，阿时矫正了一台 AI 助手的错误，虽然，AI 在那次手术中只有 1 毫米的偏差，并不会造成太大的影响，但阿时发现，自己纠错后的手术使骨骼连接变得更加完美。阿时为此获得了患者和同事的一致赞扬，而这便是他不断纠错 AI 的开始。

纠错AI和越来越精密的计时游戏，让他形成了下意识的反应，但这种专注逐渐取代了他作为一个正常人对于精度要求的定义，人类的感官结构是演化的结果，它不可能是完美的，进而不可能在一个太高的精度下获得世界的真实性。但阿时早已忽略了这一点。

久而久之，阿时成为人类首个机器人狂想症患者，后来这被归为精神分裂症的一种。它的表现是患者下意识地将自己想象为一台人形机器人，这大体会导致出现两种不同情况：一些患者会渐渐地接受这种心理暗示，认为机器人是一种很好的状态，他们开始乐于接触机器，减少自己作为人类的意识和理念，在行为中表现得更像机器人。比如，喜欢疯狂地进行大数运算、痴迷于逻辑、要求所有事物都必须按照条例和极强的规律性进行，他们具有强迫症的倾向。一般来说，正常人如果将他们当作机器人看待，他们就会表现得非常友善甚至利他，因为从内心深处他们遵守着阿西莫夫的"机器人三定律"，随时准备为人类付出。在很长一段时间内，机器人狂想症的患者只出现过一次暴力事件，那是一台（一位）陷入恋爱的机器人，他非常确信自己的恋爱对象同样是一台人形机器人，但遭到否认后，他决定展示给她看。

与这类患者不同的另一些患者则无法接受自己成为机器人，大概因为他们潜意识中还坚持着作为人的自我认知。所以，当他们发现自己的机器人倾向时，会出现恐惧、自我怀疑、自我排异等生理学反应，这种病态又被统一称为"拟态狂想症"。他们担心自己的身体已经被机器人"寄生"或"取代"，但他们又无法寻回原来的"自我"，这种状态的患者大部分非常痛苦，他们时常会出现自残的倾向，但很多时候，即便他们看到自己的血肉，也无法确定自己是人类还是机器人。

阿时作为首例机器人狂想症患者，尚未接触过更为逼真的模拟技术，再加上他本身的医师身份，所以他得到的治疗非常及时。但这也让人类看到在脑科学时代，任何细微的理念都可能导致两种不同"自我"的战斗，这种分裂是可怕的，甚至比古旧时代的精神分裂症还要严重。脑科学时代的技术足以粗略地创造出新的理念，它就像病毒一样侵入正常认知之中。在进一步发展脑科学的同时，对这种隐患的预防也提上了议程。

三
理念的训练

几十年后,阿空和阿时的病例已经不再独特,随着脑科学的发展和虚拟世界的诞生,人们对空间和时间等基本概念的理解甚至也发生了巨大变化。虚拟世界虽然设定了一些重要的与外部真实世界相对应的基本物理参数,例如重力加速度、时间、长度、质量等等,但"组合爆破"终究会发生,在无法完全复原"真实"的虚拟世界中必然存在种种漏洞。

同时,再创一个世界,也预示着要创一系列的理念和新的人格模型,但人们对于虚拟世界的渴求度已经非常高,人类必然会迎来这一科技大潮。研发者们首先想到,虚拟世界既然可能造成对人类理念的冲击,要适应脑科学时代必然带来的这些变迁,首先要保证人类不像阿空和阿时一样受到虚拟世界的理念干扰,这些精神疾病是人类自然演化过程中从未来得及接触的,因此研究者们必须首先策划一些比较完善的预防举措,他们通过对人类认知模型的研究,发现一个被称为"原生理念"的概念。

事实上这很容易类比，原生理念让人想到动物的"铭印作用"，刚刚孵化的鸭子会跟随它们第一眼看到的移动物体，这通常是人类[1]。但同时，铭印作用对人类也具有反作用力，当一个人被小鸭子视为鸭妈妈时，"她"通常也会不经意间把这种情感带入到自己理念的构造中，进而像照顾孩子一般照顾它们。而原生理念便是如此，它是大脑首先接触的一些概念，无论这一概念来自体验、教育、感官或者其他途径。例如一个人在生活史的最早期首先接触到中国菜，他便极有可能很难再接受西餐，这些促成最初理念形成的外部影响非常强大。

原生理念虽然强大，但依旧可以通过不同理念的进入而改变，而这一改变的过程时常充满理念的战争。古旧时代，那些因家国、道德、宗教等理念而殉难的人们便经历了相似的过程。或者，当盲人突然看到群星、普通人面对超乎想象的巨物、从无潜水经验的人看到深海景象时，原生理念和新生信息的碰撞便造成恐惧症。时间恐惧症和空间恐惧症的根源便是如此。但原生理念又是人类

---

[1] 现代动物行为学之父、诺贝尔生理学或医学奖获得者——康勒德·罗伦兹，在1910年，进行了著名的铭印实验：在实验中，他将一窝灰雁的蛋分开，一部分留在母雁处，另一部放在孵卵器中孵化。由母鸟孵出的幼雁行为表现正常，它们跟随在母雁后方，正常地成长并与其他的雁交配繁殖。在孵卵器中孵化的幼雁，在刚出生的几个小时中与工作人员相处，而不是与母雁在一起。从此之后，它们就紧跟在研究员后面，并表现出不认识母雁以及同类的特征。成长之后，它们仍喜欢与罗伦斯及其他人类为伍而不是自己的同类，有时甚至会对人类表现出求偶行为。——编者注

保持理念连续性的基础，这一连续性是为了维持个人当下的安全状态，这种安全状态又形成理念排异。虽然它表现为大部分人类的不思进取、拒绝接受新事物的惰性，却也是吉肯之神带给人类漫长演化过程中一种必不可少的保护机制，所以并不是所有人都适合接受真相，真相或许会杀死他们。

那么，当虚拟世界已经如同潮水般袭来，新的概念不得不参与对原生理念的作用时，为了保证原生理念的破坏不产生对现实世界太过强大的冲击力，必须对虚拟世界的用户进行一些训练，目的是建立两种世界转换的适应通道。脑科学时代早期，人类曾热衷于心理学研究，行为主义心理学通过一些设计精妙的实验，得出他们对于自由意志的认知。奖赏与强化对于塑造行为来说意义重大，这被称为"操作性条件反射"，在某种程度上，对于行为的"影响/控制"比人的"自由意志"所具有的影响还要重要。这一观念在脑科学时代有了新的发展和技术进步，行为"控制"的理念可以直接通过神经学，建立各种新的大脑内部关联而实现，通过这些新关联的建立和强化，甚至对人的所谓"意志"进行影响。对虚拟世界用户的训练便以此为理论基础，这些训练有许多形式，但整体有点类似于游戏。同时，根据受试者提供的报价，游戏主要功能可以划分为两种。

第一种针对报价较低的客户，系统将默认为他们会使用保真度更低一些的虚拟世界，毕竟训练和使用报价会有正相关的联系。

因为较低保真度的虚拟世界将不会对细节做更多的处理,所以它们出现的错误对使用者的"原生理念"冲击将会更多。为了适应这部分用户,训练使用的方式是"负向刺激",即对原生理念进行弱化,甚至对其中并不重要的部分进行消除处理,这样使人对于原生理念的坚持程度减弱,从而可以接受那个并不完美的世界带来的更多怪异现象的冲击。与之相反,如果一个人想体验更高保真的感觉,那么便选择"正向强化"刺激,让训练者能够更完整地保持原生理念,进而不会在离开"虚拟世界"体验后,产生对真实世界过多的不适应感,同时他们也可以体验高敏感度带来的奢侈的感官享受。

但无论如何,这些训练游戏依旧是比较令人厌倦的,因为这毕竟是对大脑的训练,所以它们很像古旧时代的智力训练,涵盖逻辑、想象、空间思维、数学运算等许多领域。有一些训练可以促进大脑短时间的灵感爆发,这是为了适应虚拟世界中的突发事件而设置的,这个过程类似于速算或计时竞技。另一些则要求大脑进行长时间专注度极高的工作,例如复杂的逻辑分析,极多的数字运算等等,这个过程类似于艺术家的创作或非常深入的理论研究。

认知学家和脑神经学专家通过这些训练数据的对比,发现人类精神力量的基础更多建立在专注度之上,无论是短时训练还是长时训练,极高的专注力是获得答案的关键。同时,他们也发现激发专注力时人类意识活动的普遍状态,这种状态无论短暂还是漫长，都是大量脑区共同作用建立深度联系的结果，科学家用一个古旧时代的名字来描述它，叫作"忘我"。事实上，"忘我"的状态是对他们所关注问题之外的问题的阻隔和切除，这种切除有时是短暂的，有时则是永久性的。很显然，极少有人会因为某一问题而永久性地切除自己原生理念中的重要部分，但短暂的切除过程中，则时常会切除掉极其重要的部分，比如"自我意识"，而这也正是"忘我"的由来。

换句话说，在大脑进行高强度抽象思维的过程中，"我"是不存在的。即便是古旧时代的人们，也时常会发现这种状态带来的成就，数学家会为一个定理冥思苦想，甚至废寝忘食，那时候"我"消失了，被隐藏到了正在解决的问题的下层。神经学家形象地描述了这一过程，叫作"我识"的"深潜"状态。同时，他们发现这一状态是可控并且具有反作用的，即一旦出现了"深潜"，或者一个人通过某些技术手段强制自己进行"深潜"的时候，他们会拥有前所未有的抽象能力、关联能力、理解能力和创造力。自然而然地，人类开始为达到这种"深潜"寻找合理的辅助手段，也自然而然地，他们从古老的故事中看到了吉肯之神的形象，吉肯之神再次降临，吉肯之神将被人类亲手带回大脑。

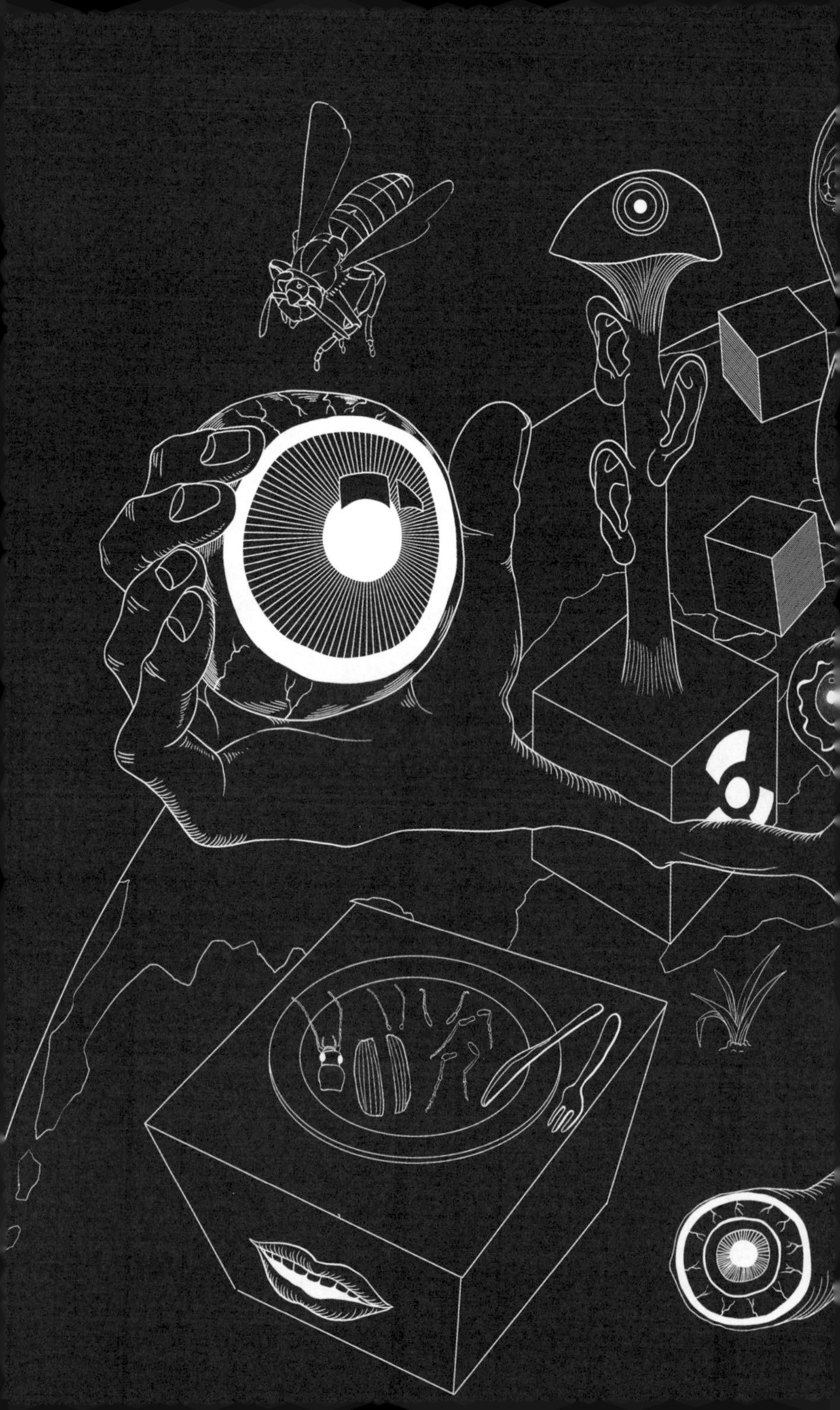

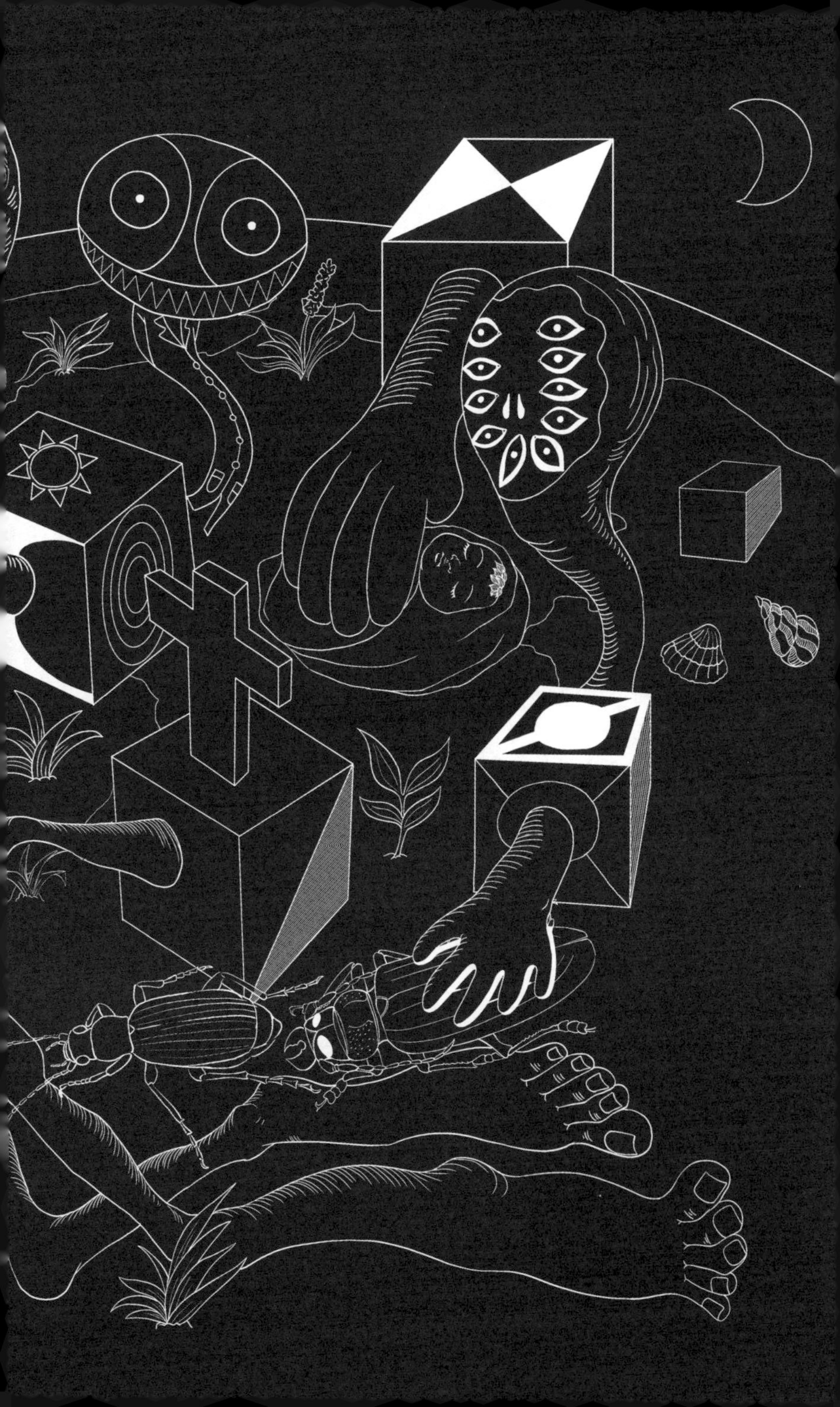

第四章

黑房子就像一个殉道场,甚至是一种嘉奖:只有当一个人的研究具有极高的价值,与真理建立极大的联系,才有资格被送入黑房子。但很快,人们便被其他故事吸引,黑房子被遗忘,消失在历史的角落里。

末日脑冢

一
无我的世界

无论是原始古老的过去，还是脑科学时代刚刚开启的时代，人类创造理念，理念也塑造着人类，就像一条衔尾蛇般。回顾历史，人类创造的许多理念是在一种非理性状态下完成的，它们的传播则更是依赖于非理性和不准确的语言。换句话说，这些理念并未在产生时获得准确的评估、预测、防范措施，而一旦它的"接收者"数量非常庞大，无论是一种有益的还是有害的理念，都能成为主导人类群体的巨大力量。小到某种产品广告，只要得到足够充分的宣传，人类就会相信它绝对是好的，即便那产品的的确确是劣质到家了，他们也不会相信自己的理性，而只会继续依赖情绪。大的理念如国家、民族等等，它们本身是因为聚集人口的增多，形成的一种自组织形式，为了在人类早期协调人与人之间的关系而形成，它们本身并不崇高和伟大，但在整个古旧时代，大部分人类都是围绕它们生活的。再比如宗教和圣战，它们无论最初宣扬的教义如何，但它们的教宗从未想到它们会对人类社会产生怎样的影响，而信众的增加，使人类在这种理念下的任何行为都变得合法。

很大一部分理念的产生，逐渐演变为塑造悲剧的过程。那些人类中少数的精英发现，即便在脑科学大爆发的时代，即便可以通过技术对理念进行增强和削弱，人类生命中依旧有太多偶然的、冗杂的、不可量化的甚至邪恶的理念。它们依旧可以仅仅通过粗鲁的语言、伪劣的表演、群体的迷乱进行传播，这些理念依旧在不断塑造着无数个"我"。

而"我"究竟有何意义？在高古时代和古旧时代，或许可以通过荣誉，促成人类中在智识或力量上更出色的个体，通过他们的努力，创造更多财富，推动社会发展。但在一个更需要理性的时代呢？在脑科学时代，人对于物质基础的需求已经并不紧迫，甚至很多时候连肉体的感知都并不重要，反而更需要智力活动去拓展新的知识疆界，那么"我"除了代表个体的存在之外，难道不是已经成为理性活动外的一个可有可无的名词？"我"是一个冗杂的定义。

在"深潜"的意义被发现的时代，已经有人在尝试通过技术来延长"无我"的状态，这并不是什么新的技术，因为脑科学家无法通过神经活动判断"我"到底在什么部位，不可能压缩或切除代表"我"的那部分脑区。延长"无我"状态的方式，又要回到几千年前的高古时代和古旧时代去寻找,那便是"吉肯之神",那些化学物质曾经被用于文学家的创作、艺术家的绘画、音乐家的谱曲甚至运动员的作弊工具,使他们在面对复杂的任务时可以长时间地投入、专注。吉肯之神,如此简单,却为人类文明创造过巨大的成就。

二
遥远的天国

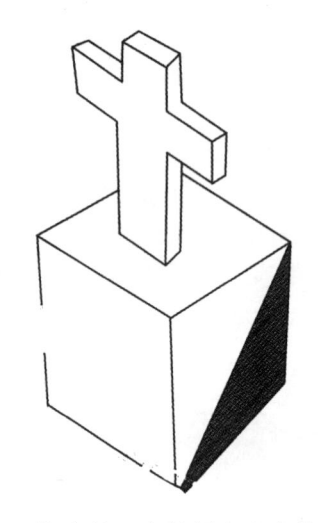

"脑冢"是经历了漫长的时光才最终建立起来的。最初的一次建造是脑科学家提议的,等边三角形熠熠闪耀,人类终于将人类自己,送往这片荒凉的大地。脑冢用来上传大脑信息,但实际上对于大脑信息来说这容量远远不够,所以脑冢使用了大量的模糊算法,脑冢的矩阵在荒原上排列着,就像一座座墓碑,因此才被称为脑冢。每一座墓碑是一块边长一米的黑色立方体,被称为黑房子。关于脑冢第一次建造的历史细节,大多已被遗忘,它的最初目的应该只是建立简化的大脑模型,保留人类文明的理念,它并不是某一个独特个人的大脑模型,而是一个普遍化的理想模型。提出它的科学家称其为至善之脑,但在那个时代,虚假宣传、无知的恶意却朝他们袭来,因为脑冢被设计为写入和读出都必须经过严格复杂的程序约束，其实接近于无法写入和读出，这就相当于对一个人的活埋，所以这些科学家自然被大众咒骂为人类的掘墓人。

但正是这一群"掘墓人"，成为黑房子最早的主人。在外部世界，脑科技爆发带给人类社会前所未有的理念冲击，在新理念和旧理念的战斗中，人类的灾难连绵不绝。原教旨主义者认为人类就应该是那个由有机体构建的思想动物，而新一代则越来越多地痴迷于"虚拟世界"带来的精彩体验。事实上，崛起的"虚拟世界"已经完全占据了古旧时代各类神经模拟器的市场。大批旧时代的技术和服务工作者开始失业，同时，人们为"虚拟世界"付出的时间越来越长，人类的创造力被大大削弱。同时，悲剧性事件不断发生，原生理念的毁灭导致大量虚拟疾病出现。即便如此，政府出于经济利益的考量，也只能立法监控，降低虚拟世界的使用时间。但上瘾的人总有对策，虚假个人信息交易，甚至售卖使用时间的"时间黑市"也应劫而生，总有人愿意为自己的"吉肯之神"付出一切，而且这样的人会越来越多。

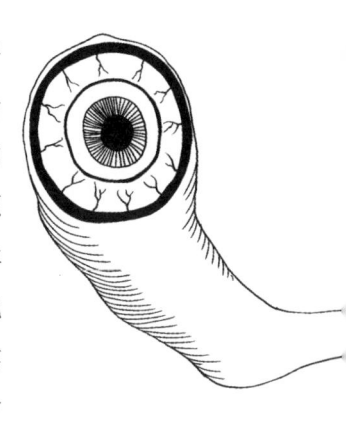

大量依靠传统神经模拟器和更古老的制造业存在的经济体，在新一代的消费中占比越来越少，争夺资源造成的混乱却越来越多。游行、示威、抵制几乎每天都在发生，"虚拟世界"正在腐蚀

我们的孩子,激进者就像古旧时代的"卢德派"一样,捣毁机器、消灭数据。最初见诸报道的是一场造成近千人数据中断的大暴乱,但遭受损害的却多是那些底层用户,因为高级用户被保护得更好。数据中断导致使用者出现了各种神经损伤后遗症,但他人的苦难并不能制止人类的冲动。媒体关注的不是每个受害者今后的生活,反而回到古旧时代的平等论调中,批判不同程度的模拟器把人类划分出明显的阶级。阶级,一个古老的、从未消失的理念,让新时代的人们依旧互相为敌。但数年之后,即便这些报道也销声匿迹,"虚拟世界"动用资本购买媒体,科技日新月异、人民欢天喜地的消息总是抢占头条。

提出建设脑冢的那批科学家找到了逃避现实的方法,他们像苏格拉底的犬儒派弟子一样,躲进还不曾有人来到的黑房子之中。黑房子的信息无人知晓,只有一个被称为"盲目守卫"的团体负责管理黑房子的运行,他们的组织行为极为隐秘,几乎与人类社会断绝往来。但仍有一些神秘消息说,黑房子的设置极其简单,完全没有模拟世界的真实性,对于那些"原生理念"丰富多彩的普通人类来说,那简直是一个令人压抑的虚空。它只保留了逻辑运算功能,它们的出口也被长久地封闭着,因为最早走进黑房子的便是那些逻辑学家、数学家、认知学家、理论物理学家等等,他们也在为他们的"吉肯之神"付出,他们所关注和研究的问题需要漫长的"无我"状态，而黑房子最合适不过。他们是献身者、理性的信徒和知识的探求者，在进入黑房子前，已经通过强制手段切断了大脑皮层中常人必不可少的感知和情感反应的数据，包括"自我"。正像狄奥根尼一般，只保留一只容身的瓮，这只瓮对于纯粹思想者来说已经足够。他们都带着各自最关注的艰涩的问题离开。"盲目守卫"的工作便是，只有当黑房子中产生一个答案时，才能为他们开启读取通道，并且根据接收的信息，输入新的问题资料。当然，这会产生一个悖论，那就是守墓人该如何知道问题已经获得了答案呢？他们就像"薛定谔的猫"一样，只有经过观察才能知道答案。于是有人猜测，那大概是人类心灵中还没有被解开的一种超自然感应力量吧。神秘的黑房子最初建成时，一代人甚至已经把它们作为崇拜的对象，他们谈论莱布尼茨的黑房子坐标，谈论牛顿和卡文迪许又在什么地方，而对于那些追求真理的智力工作者，黑房子就像一个殉道场，甚至是一种嘉奖：只有当一个人的研究具有极高的价值，与真理建立极大的联系，才有资格被送入黑房子。但很快，人们便被其他故事吸引，黑房子被遗忘，消失在历史的角落里。

无论如何，外部世界依旧是大众群体的世界，他们并不知道甚至不会关注黑房子的存在。他们只想到自己，也只有一次次的灾难才能让他们去看一眼其他的真实，但紧接着，他们又会再次麻木起来。外部世界爆发过许多次技术灾难，没有人关注经历灾难的人会怎样，那些被遗忘的人承受着常人不知的痛苦，感官混乱、精神疾病、大脑死亡，等边三角形在黑暗中飞行。人们也记载过几次很大的技术灾难,其中之一就是后来被称为"活埋事件"的大跳线,也有人说那是一次阴谋,是一个商业上失利的大集团不得不通过技术手段掩盖的大丑闻。一个原本非常强大的"虚拟世界"突然关闭,使得数万用户遭受了"跳线打击",神经连接被突然切断,对于"虚拟世界"完成重启是简单的,但对于人类理念和意识的重启,就像唤醒植物人和治疗人格分裂一样困难。事故后,这个大集团股价狂跌,宣布破产,但集团首脑却逃往一个无人知晓的"虚拟世界"中,留下数万人的残疾余生。

另一次,通过连接植入的"理念病毒"大爆发,导致数百万人不同程度感染,感染者如同古旧时代接受切除前额叶手术一样,大量的癫痫后遗症和情感障碍、认知障碍患者涌现,他们的痛苦只能由自己和家庭来负担,因为最终,无能的政府也无法找到病毒的来源,这导致古旧时代的抑郁症和各种精神疾病再度归来,许多人难以承受,选择自杀。

那个时代,虽然人口生育率极度下降,但新生代还是不断在持续的大萧条中成长起来,往昔的世界依旧保持着它的光鲜外表:高耸入云的建筑、闪烁的霓虹灯、流萤般的飞行器,以及大财团的各种"虚拟世界"广告;但实际上即便最麻木的人也知道它危机四伏、摇摇欲坠。"虚拟世界"已经逐渐成为最大的经济体,教育、医疗、制造

业的投入甚至不及一个"虚拟世界"游戏得到的盈利,"虚拟世界"已经占据了经济链条中最为重要的一环。掌握"虚拟世界"的商业领袖开始竞选政府领袖,其支持率竟然惊人得高。

很快,微弱的抗议声终于出现,最为触目惊心的一个标题是"虚拟世界瓜分大脑"。即便是智力最差的人也能理解其中的逻辑,既然通过"虚拟世界"改变人的"原生理念"并不复杂,难道他们不可以对普通大众进行脑控,从而决定选票吗?这比古旧时代统治者的洗脑术更为直接和粗暴!它针对的是人类的生物学基础,语言和心理引导的作用在它面前简直是九牛一毛。一时间,抵制"虚拟世界"的声音铺天盖地,但很快便因为竞选者的退出而销声匿迹,这一惊天丑闻又被重新提供的更高水平的虚拟世界新闻掩盖。

当然也会有人铭记这次被称为"脑控危机"的事件,但他们带来的却不是希望,而是人类最为黑暗的时刻之一。不久后,一群理想主义的年轻极客秘密结社,他们自称继承了古旧时代"匿名者"的衣钵,但却更为激进。这是一些聪明的人类,虽然他们从小接受了大萧条时代的教育和"虚拟世界"潜移默化的影响,但极为反叛的性格让他们懂得用相反的角度对待教育,他们不相信"虚拟世界"传播的所谓善意。终于,最后一次组织任务,"匿名者"像古旧时代的校园枪击者一样,对"虚拟世界"开始了一次大规模黑客攻击。

虽然他们还稍有良知，选择了用户最少的工作日进行攻击，但这次突然爆发的持续了一个小时的无警示攻击，导致"虚拟世界"的运行大面积瘫痪。幸亏攻击开始 2 分钟后，"虚拟世界"便及时做出登录和注销警告，才使得这一灾难的影响减至最小。但在现实世界中，这依旧代表着至少十万人受到不同程度的大脑损伤，他们会成为癫痫、认知障碍、情感障碍、痴呆症患者甚至永久的植物人。

警方很快追查到了这群"匿名者"藏匿的地点，但发现他们已经为自己制造了一批黑房子，现场只剩下一个如同远古祀品般的黑色立方体矩阵。警方试图连接黑房子，但能够读到的信息只有一句话"他们不是人类"。法院判决了这些"人"最高的反人类罪，黑房子接受了物理销毁的处罚，但那些"匿名者"其实早已销毁了自己的人格。

所有的故事充满悲剧性，但黑房子的传奇又浮现到公众视野中。如同佛教和禅修曾经风靡世界，引发嬉皮士时代的到来，黑房子成为越来越多不满于人类世界的青年的秘密信仰。虽然政府早已看到这一消极名词的危害，从而试图用各种方式消灭它，但最早的一批开始尝试体验黑房子世界的青年还是出现了。

他们最初试探过那些削弱了真实性和原生理念的"虚拟世界"社区，并且随时可以回到现实中来，但外部世界的暗无天日，让这些"地下秘密"逐渐流行起来，越来越多的人被古旧时代"人生苦难"的哲学观所吸引，越来越多的人选择进入永久的黑房子之中。

"现实世界"的存在究竟有什么意义？那些古旧的信仰、理念和教条只能让人止步不前，成为心灵的负担，甚至"自我"，它如此虚假、愚蠢和贪婪，那几乎是导致灾难的罪魁祸首，终于，一篇著名的《黑色宣言》风靡世界。政府开始封杀所有关于黑房子的信息，但终究不能成功，黑房子的称呼形成了许多变体传播开来：薛定谔人、新犬儒、脑冢、永恒的禅修。直至最后，一次政治丑闻被披露。新的"虚拟世界"领袖再次竞选，并通过精确打击导致反对派领袖出现了"机器人模拟恐惧症"症状。这位反对派领袖接受了紧急脑训练治疗，在曝光这次政治阴谋的发布会上，宣布退出竞选，同时也成为第一个作为政治领袖通过直播谈论黑房子的人。"或许那才是人类的实在本性，去追求一种忘我的自由，我想，这个糟糕的现实世界就留给那些糟糕的人类吧。"数天后，他进入了自己的黑房子，那同样是一次直播，而他带走的问题是"为何有机生

物会陷入争斗？"。

这次政治事件吸引了数十万人永久地进入黑房子之中，他们带着各式各样的问题，长久地与"自我"告别，走入他们各自由真理陪伴的安眠之中。没有人知道黑房子里到底发生着什么，但黑房子的理念早已几经变迁，越来越多的人相信，那是一个"遥远的天国"。对黑房子持有模糊信念的人认为，黑房子终有开启的一天，那一天，人类将度过寒冬，迎来新的时代。但天国关闭，没有任何信息可以获得交流，没人知道它何时开启。

数十年时光，"虚拟世界"的领袖自杀，一次次政变和技术灾难，现实世界的人类已经越来越少，黑房子在每一座城市之外随处可见，它们反射着夕阳之光，时而温暖，时而刺眼。"盲目守卫"们缓缓地行走其中，他们还生活着，衣食住行，坚持像古旧时代一样，他们寻找快乐，寻找自我，当他们死去，守卫黑房子的任务便交给他们的后代与门徒。

黑房子最终获得了人类新的联合政府的承认，它的最后一次技术进化是试图创建信息连接。进入黑房子的新人将被编码为"黑房子综合脑体"的一部分，这是一个名副其实的"脑冢"。末日脑冢，遥远天国，一为万物，万物为一。这一人类的唯一的大脑，终究在这两足生物出现在地球几亿年后出现，成为地球上的超级智慧。它不断创造新的知识，去探索宇宙的奥秘，只是，他们不再拥有自我，也不再期待醒来，道德、正义、欢乐、悲哀，都已成为遥远的概念，他们在更高的视角下，并不关注存在者，只思索存在本身。人类，如果它还能被称为人类，那么已经演化为至高的形态——吉肯之神，它思索着，理解着，并将这记忆传递给更多文明。

后记

创作这篇故事时,正值 2020 年春节长假,我本已经打算趁孩子回老家,做一次长时间的"深潜",不久后,武汉爆发了令人恐怖的新型冠状病毒疫情。那时我一边为自己即将出版的《英格玛全书》做插画,一边紧张地关注着疫情报道,我独自一人在自己的小屋,每天将近 12 个小时读书、素描、写作,也利用间歇跟家人和朋友联络、传递消息。两个世界如此强烈而又同步地展现在我面前,哪一个才是真的?铺天盖地的信息让我有许多不同的感觉,我写下的文字里也不可避免地带上了当时的情绪。在即将完成这篇故事初稿的晚上,我突然接到"公路商店"创始人之一、好友魏迪的信息,他说看到网络上的消息忍不住哭了,肯定有很多人理解他为何而哭,这也更加激励我把这个漫长的虚构故事写完。我想,科学和哲学思维,是一种训练,形成习惯了,就能让人更明辨是非,理性地生活,保持训练就是保留进步的希望,这个希望就是让人哭得少一些,笑得多一些。同时,还有一个原因让我对"认知"这一题材非常感兴趣,因为我小时候也曾有过一些奇妙体验,比如"共感",那时闻到芝麻酱的气味,大脑里就会冒出好多数字 5 和紫苏叶的形象,而紫色的物体让我想到数字 6,我对汽油味和蓝色碎玻璃也是一样的感觉。我小时候玩耍过的一个废弃工厂旁,有一座碎玻璃山,圆柱体的玻璃棒到处都是,在那里我总是会产生与市里冒着黑烟的公共汽车开过时一样的感觉。

那是20世纪90年代的乡村，我经常沉醉于汽车尾气的气味，但那是村庄野外，其他的小朋友也没有过那种感觉。我还体验过小人国综合征，它总会突然出现，我面前的东西会按比例精确地缩小，而发生区域只在中央凹，这个无伤大雅的情况尤其在中学的数学晚自习时频繁到来。

之后这些神奇感觉渐渐消失，直到十多年后的一天，我突然听到一段爵士风格的音乐——因饮酒过度而英年早逝的艾米·温豪斯的 *Wake up alone*。其中一些编曲让我想到死去的罗丝的 *Summer time*，它们都是爵士乐，演唱者也都已死去，而交织感官再次出现了，我看到了许多大红色罂粟花一样的色块，忽远忽近，忽明忽暗，虽然那时我只是闭着眼睛，独自躺在黑暗中聆听。我曾怀疑这与死亡意象有关，而且我很久不听爵士音乐了，但这使我想到了柏拉图的洞穴隐喻。当然我读过一些关于这方面内容的书籍，也时不时想起中学时读到的一篇精彩绝伦的描写共感现象的科幻小说——杰弗里·福特的《冰激凌王国》。我已经忘却了其中的情节，但记得它也涉及关于"真实世界"的思索。而我的故事中，部分描述的是真实的案例以及我的理解和思考，另一些故事则是完全虚构的。事实上，在我的写作中，也会有一种亦真亦幻的感觉，我希望它对我们理解真实、理解自我有一些帮助。最后，这篇故事的灵感和资料与一些重要的作品相关，其中包括《盗火》《罗斯科传》《理想国》《惊人的假说》《伯罗奔尼撒战争史》《希腊宗教研究导论》《意识的解释》《从毕达哥拉斯到怀尔斯》《世界艺术史·音乐卷》《西方哲学史》等等。

当
一
只
鸟

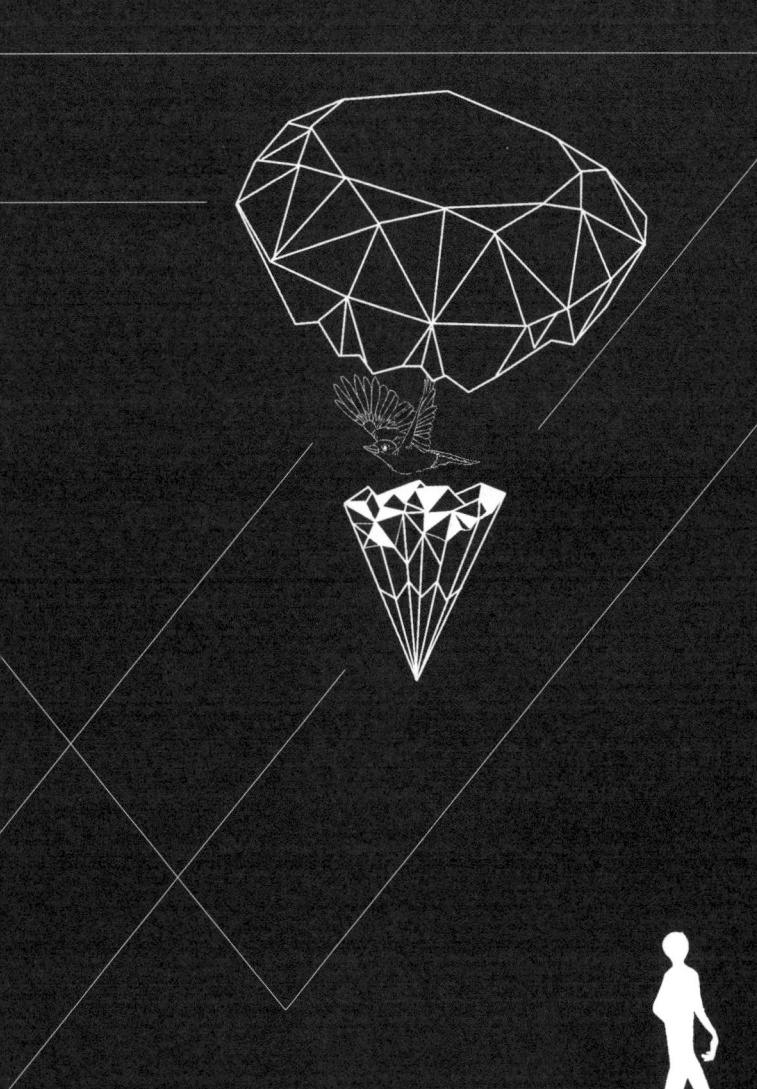

任何小说都存在虚假的部分，否则人们将不会用心灵去重新经历那些故事。

一
古老的杀人手法

故事发生的时代并不遥远,只是没有人可以计量,因为知道这个故事的人都死去了。

神秘古国的国王召集了世界上所有流浪的小说家。那个时代,不是所有国家都允许小说家存在的,谁能容忍他们呢?他们像鱼类一样,唱着盲目的歌,那些歌不需要诗歌的韵律,不需要国王的语法,他们的艺术毫无规矩,也许只有那些未开化的蛮族和底层的奴隶喜欢。于是,小说家们常在无主的荒野上漂泊,泥土中生出的人们听他们的故事,那些疯癫的故事流传着,没有真实也没有虚构。

一个与众不同的国王听闻了小说家故事中的只言片语,那些故事有的自传性很强,还有一些已经成为神话和历史,但无论怎样的故事似乎都少不了流浪艺术家的悲惨命运。是啊,那时候艺术家并不快乐,他们分为两种:一种永远不再与世人说话,只是写作;还有一种作为第一种的喉舌，说出他们写作的文字——前一种叫作小说家，后一种叫作说书人，他们不仅不快乐也不完整。

  国王召集小说家的诏书在全国颁布的那天，无事的人们开始猜测国王的意图。有些人乐观地想，国王或许认为这些悲惨的流浪者不应该在他繁荣的王国中存在，便召集他们，也许给他们加官晋爵，因为只要他们幸福了，那些痛苦的真相便不存在了，所有人都会得到幸福。另一些抱有幻想的人传言，国王是在某次祭拜神灵时突然发现，神的形象与小说家或说书人描述的一些形象是相同的，因而国王受到感召——他的人民是虔诚的，他们敬畏神灵，神灵高于他们自己和他人的生活，而小说家能将这神圣形象带到生活中来。但终于也有人质疑这只是一场阴谋，因为国王想通过善待流浪艺人来展现自己的恩泽，他会成为人们传颂的有德之君，他的国会成为人们幻想的天朝上国。试想，连小说家这样不懂礼数也没有任何才能的流浪者都能受恩典，其他的人将会如何尊崇这位国王呢？

  就在人们议论纷纷时，传出了全然不同的消息，据说那是一个太监说出来的。消息称国王信仰许多神秘的力量，他相信流浪小说家中一定有人知道生命的终极秘密。国王曾听闻一些小说家已经生活了几百年：那时还没有纸张和任何记录工具，古老的上至蛮荒时代的小说和史诗靠人类记忆保留下来，如果小说家们没有长久的生命如何完成？他们的生命就是他们的记忆，而他们的记忆是历史和神话的唯一载体。

如果国王拥有了这种不朽的力量，将会如何？

无论如何，国王召集小说家的消息已经传遍世界。于是，在这个古老国家的大地上，那些隐匿许久的，衣衫褴褛、蓬头垢面的小说家很快便蜂拥而出，就像春天发情的大地上迁徙而归的动物，他们走过荒野、城市和村落，穿过如画的群山和彩带似的大河。这些由于虚弱而显得懦弱的人们啊，像是朝圣者受到召唤般，不仅外表虔诚，久而久之，内心也变得虔诚了。他们成群结队，代替了马戏团的小丑，成了古老土地上新的笑谈，他们没有车马，只靠双脚，孩子们追逐着他们、朝他们扔石头，大人们则只是在背后指指点点。一些最遥远的小说家出发时就感到，这是一条不归之途，甚至有人将永远不能到达京都。可是他们毅然决然地为着国王的宣召，告别了他们生活了几世几代的民间。

他们不分昼夜地行走，同时也在通向京都的路上收集和分辨着各种信息，一来为了了解这个神秘王国中正常人的生活，二则为了创作具有王国思想和细节的小说。他们在路上已经开始创作了，因为，首先创作是他们的生活方式；同时他们也期待着通过第一次呈上的故事就能打动国王的心。因为消息说每个到达京都的小说家都必须用一个故事证明他们是真正的小说家。国王将会奖赏许多小说家，但最好的小说家将会得到最大的奖赏，那奖赏绝对会使所有的小说家为之赴汤蹈火，在所不辞。

但在这个故事的陈述之中显然存在一些矛盾，那是其中一个小说家首先想到的。

这个小说家年纪已经很大了，甚至当他独自步行在书写着"光明坦途，上善大道"的大路上时，每每看到西下的太阳都会大发感慨。那难道不是美妙的落日吗？年华易逝，什么能够长存呢？他曾书写多少故事，这些故事曾像孩童般令人欣喜，而今已模糊得难以回忆，就像是一个活生生的人已老去，甚至对它们的回忆都令人伤感，仿佛回忆加速了这种衰老一般。他停下来，靠在一棵巨树下，风吹过，那不分季节的时刻，天空昏暗，纷纷然的落叶随意飘零。他半闭着眼睛，在这条路上谁会第一眼就认出他是去往京都的小说家呢？那些安安静静的村落里，谁会留他驻足片刻，只因想听听他写下的故事呢？苍老小说家越想越混乱，多少人曾这样想过，说不定此时此刻，某个其他王国的某条相同的道路上，一个相同的小说家也正陷入相同的沉思，而下一刻，他又会想到什么？

苍老小说家想得有些疲惫了，他差点陷入沉睡，可就在这个奇妙的时刻，他的思绪逢上了一只飞鸟，飞鸟停留在小说家身边鸣叫许久。鸟鸣声多么奇怪，多么像一个了解许多故事的人在诉说，说得那么急切，苍老小说家被吸引着。终于从那声音之中，半睡半醒的小说家突然领悟到一个秘密：如果真如传言所说，国王想验证小说家是否有长生不死的秘诀，他完全用不着花费这么大力量，因为他身边一定会有许多御用文人知道真相，真相就是那些小说家不是永生的。这么说，苍老小说家有些惊恐地想，国王召集这些遥远的小说家,是否说明他从未见过小说家,而这个古老的王国一定也已经没有小说家了。那么当这些新人也必将遭受以前那些小说家相同的命运,他们是如何消失的呢?谁也不知道,那也许是另一个世界的另一个故事。但国王知道他们并非长生不死时一定会发生令人不敢想象的悲剧。苍老小说家打了一个冷战,当他完全清醒,发现那只鸟已经不见了,四周寂静的炊烟升起,太阳和月亮同时闪现在太空之中。

他突然觉得自己太老了,以前从未有过这种感觉,他甚至突然感到自己将不久于人世。而既然如此,那又何必关心其他那些赴难的人们呢?小说家从不会关心别的小说家。他决定退出小说家的行列,不再创作小说,小说家的灾难也与他无关了。那天傍晚,他在集市上卖掉了自己所有的书稿,恋恋不舍地扔掉自己已经三十年没有洗涤缝补过的长衫(在他心中,那是小说家的象征),换上了一件普通人的新衣服,看上去他显得年轻了许多。做完这些之后,苍老小说家——他的前半生曾是多么纯粹的诗人——略感一丝惭愧,谁能拯救那些与自己走在相同道路上的人呢?

他长夜难眠。终于,他想,即使这些小说家都被杀死,还会有新的小说家出现,是啊,小说也许是从我们不知道的地方诞生的,也许在国王不可企及之地,每个人都曾渴望小说世界中的故事,那就一定还会有小说家的。这时,星斗漫天,一只黑鸟落在银河系边缘,很久。整个大地仿佛只有那只鸟阅读着他的思想。

凌晨两三点钟，是噩梦最易侵袭的时刻。苍老小说家已无法回到自己来时的地方，只能毅然决然地将自己抛弃在这个国家，他会成为什么人呢？或者一个说书人，他会说到自己的这些故事和心思吗？他突然觉得自己虽然知道了真相，但依旧失败了，他虽然并未遭受那些赶赴京都的小说家们必死的命运，但国王却已经杀死了他！他不再书写。接近黎明的时候，他甚至开始怀念自己曾经的故事，许多故事的细节变得清晰，他知道自己也许快要死了，"如果人类失去这样一些故事，就会失去童年的乐趣……"在那些远去的故事里，仿佛曾经存在这样一个王国和古老国王的故事……

二
王的爱情故事

国王为王妃而悲伤。王妃来自遥远的异乡，有着异族人的美丽脸庞，她是通过和亲来到这片大地的，那时她只有十六岁。根据王妃家乡的习俗，两个漂亮的女先生随她而来，对她进行教育，那其实是两个女说书人。

后来王妃沉溺于一篇故国的故事，那故事后来成了一部神话，神话讲述的是一个无道德的民族所信奉的神，那也是王妃故国所信奉的宗教的主神，但这个国家却将那种宗教视为邪教，虽然他们所信仰的正教其实也与邪教有着相同的根系。在神话的结尾，最后的主神被人切掉四肢，放在巨大的盒子里，三天之后，盒子被打开，人们发现神的尸体已经消失……

国王不管什么大神的故事，他只想自己的王妃，直至癫狂。王妃也从未向他提起过关于宗教的故事，因为她想，异族的宗教故事必然会在这个国度消失，这是它的受难，它也必然会接受这命运。而她自己，也许可以去改变国王对这种宗教的看法，但她没有，她谦卑、和善、渴望牺牲。她的内心渴望离开，却没有行动上的表现，国王则是在床榻之间发现她已经不再爱自己的。

起初，国王发现王妃失去了缠绵时那种曾经的温柔和沉溺，便千方百计地讨好她。他颁布法令，在全国捕捉传为神灵的银河上的鸟儿，用银河鸟的羽毛缝制大衣，王妃披上它更显美丽，仿佛整个黑夜只有她在发光，任何小说家的语言都无法描述那种美丽。同时，国王还召集最好的乐师编写了一篇篇荡气回肠的乐章，她受到音乐熏陶而更加智慧，仿佛洞悉世间的一切。他为她东征西讨，赢得一座座城市，他带着她去奇异之地漫游。他做了这一切，自己也开始衰老，可王妃却越来越郁郁寡欢。

告诉我，这是为什么？一天，国王终于大声质问王妃，但王妃什么都没有说。

最后，一个狡猾的太监终于发现其中端倪，便向国王提议，收买了王妃身边的一个女先生——美丽的女说书人。面对威逼利诱，女说书人不仅说出了所有秘密——关于宗教和信仰——还说王妃其实早已抱有一死的决心，只是害怕战争再起，才苟活至今。国王大怒，当即便将这个说书人杀死，另一个女说书人，则被流放得远远的，再也不能回到这个王国。

第二天，国王穿着一身闪亮的戎装来到王妃的宫殿。他驱逐了大殿里所有的侍从，傲慢地站在王妃面前，他提出了一个方案。国王知道王妃爱着所有世人，她有那种精神，但她尤其爱那些给她讲故事的说书人，爱那些带给她信仰的故事。国王威胁王妃说：如果她离开或者自杀，国王将杀死所有的流浪小说家和说书人。王妃紧咬下唇，她从未如此痛苦过，而这种痛苦却使她在国王眼中更加娇媚。她同意留下来。

她留下来但是并不快乐，国王知道这一点，但他宁可王妃不快乐，因为他爱的并不是王妃的心灵，他只爱王妃的美丽身体。从此之后，王妃的生活便仅存于床榻之间。在她与国王的协约中，最重要的便是这部分时光。深夜，在国王的龙床上，她必须学会像被王朝正统所禁忌和遗忘却依旧存在于真实之中的青楼女子一样，服侍这位最高权力的拥有者，他自然也拥有对王国禁令的解释权。国王说，她要用娼妓的灵魂拯救那些在荒野上漂泊的小说家。

但这个故事还有另一些衍生，便是关于被流放的女说书人的故事，谁知道这个版本是如何流传下来的呢。或者在流放地，她和一个邋遢的小说家结合了，他们生养孩子，也生养新的故事——许多传说都认为，这故事就是在那些不毛之地诞生的——或许吧，但先容我讲完这个故事：

签订了那个秘密协议后，国王却发现王妃变得越来越丑陋了。因为她的心灵不幸福，人便迅速苍老起来，这种苍老如此明显，于是国王不再爱她，从什么地方能够找回那逝去的光阴呢？国王在痛苦和愤怒中不能自拔，最后他把这一切都归罪到小说家和说书人的身上，他违背了自己的诺言，想出一个计策来杀死小说家，所有的小说家。

不久后，国王颁布诏书召见王国中所有的小说家，那些头脑简单的小说家们很快便得知了两件事。第一：国王召见小说家是要编纂一部世界上最伟大的作品，这部作品内容必须包含国王本身。国王意识到这样一部史诗的创造必须兼有小说家的细致描绘以及诗人的激情才能够完成，因此他要在小说家中寻找一位"万里挑一者"。第二：那个万里挑一者不仅会享有世界上最诱人的荣耀，还会得到甚至可以买下另一个国家的金钱，而他们的创作也将是史无前例的壮举，他们的名字将永留青史。

对于这些渴望名誉和富贵的小说家这是多么难以抗拒的诱惑。于是在那仿佛没有尽头的通向京都的路途上，小说家们展开了一场生死角逐。他们开始自相残杀，这使小说家的世界损失惨重。当然看到这场内讧的人中，有一些开始怀疑那是国王的阴谋：国王年事已高，便懒得自己去万里挑一，而最终那个万里挑一者就是能够到达京都的小说家——他已经将其余所有的小说家置于死地了。从远方通向京都的道路对于小说家们是漫长的，但对于国王是多么划算的距离？

小说家们自相残杀之时，国王正在自己的王宫里思考着战争，或者干脆在修养或和新的宠妃嬉戏。国王日理万机，有很多事情可以做，他也有世界上所有的时间。在国王刚刚和后宫之中最美丽最得宠的新妃翻云覆雨后，一个太监被传入内宫。国王脸上因极度兴奋而显现出的与痛苦无异的表情在一瞬间褪去，他开始询问太监挑选小说家的进展如何，那些流浪者是否全部中了自己的圈套，还有他们是如何利用小说家古老的方式杀人的。太监阴阳怪气地回答国王的询问，但国王很快便一句都听不进去了，为何要聆听呢？小说家古老的杀人手段与自己有何相关，国王想要知道的只是结局而非冗长的细节，而即使他没有听到太监的话也知道事情进展顺利。太监还在忠实地诉说着，而在这诉说中他自己获得了莫大的享受，那是关于令人沉溺的杀人小说的故事……

三
古老的杀人手法 II

一个换上新衣的苍老小说家经过一天劳累奔波和痛苦思索后在驿站中休息，他把自己的新衣服挂在墙上准备赤裸而睡。这时驿使敲响了房门，交给他一封书信。他随意地披上衣服，接过信。他想，也许远方的人在思念自己了，因为他已经走过了漫长的时光，只在每座城市的城门口才停下来思索，行走是他生命中唯一浪费掉的时间。苍老小说家点上灯，信封没有注明落款和地址，这么说那也许是陌生人的书信，他有些不祥的预感。他谨慎地打开书信，读了第一句话，这时他已预知死亡不可避免——那是他曾经书写过的一些文字，那是记忆，记忆归于永恒，永恒归于无序，无序即死亡。一瞬间，大量的记忆奔涌着冲向苍老小说家的脑海，他几乎无力抗拒，信息熵无限增加着——这就是小说家古老的杀人方式。

当然，在临近死亡的瞬间，谁没有生存的欲望呢？他并非一个完全的开悟者，在得知自己死亡之时他试图逃脱。他努力设想那不是他曾经的文字，因为他想到关于小说家的一个秘密传说：所有小说家都创造过许多相似的文字,而传说中有一把万能的死亡钥匙——一些专门用于杀死小说家的文字,可以让那些定力不够的小说家们联想到自己的文字。那据说早已失传的杀人文字是所有小说家的禁忌,但有时它们并不能使人死亡,因为它们与这些小说家的文字并非完全相同。世界上仍然存在着小说家,不是一个很好的反证吗?所有万能的东西都会有破绽,而他会发现那些破绽,他不会死去。

苍老小说家继续读下去,他必须如此,去发现破绽,去战胜死亡。但是他读到的东西越多,自己的记忆也陷入越深,他的大脑中仿佛出现了一片黑色的大海,大海的每一滴水都是一部痛苦作品的语言,大海中深藏着一支支暗箭,他茫然地游啊游,感到所有的文字都危机四伏!不能再读下去了,越沉溺,越死亡,他努力逃离,但已经陷入了文字的迷宫,他感到越来越吃力,就像被松脂包裹住的苍蝇一样,他的文字已经为他准备了一个永恒的琥珀棺椁——记忆的棺椁。他想起自己年轻的时候,那时他还不是小说家,他也许……也许是一个落魄的赌徒,他能从赌博的泥潭中逃走吗?国王对小说家的征召,甚至小说本身,难道不是一次赌博?甚至生命本身,难道不正是一次赌博?年轻时对小说创作的幻想,使他产生对金钱的欲望,只有拥有了大量的金钱才能使他舒适地实现梦想,他游走在赌博与创作之间,最后一次,他输掉了自己最后一身像样的衣服,回到家中。所有人都背离了他,他孤身一人,却更加想把一切都赢回来,他的"抱负"更大了,他要从赌局老板那里赢回一座城。

你用什么来抵押?人们问。用我的命,他说。

人们为他的话语所震惊,这时候,国王征召小说家的诏书下达了。一个好心人告诉他,不用去赌桌赌上你的命了,去完完全全地书写你的作品吧,在通向京都的道路上,你会有许多价值连城的作品!于是苍老小说家来了,他欠了一条命。

他拿着那封陌生的信件手不住地颤抖,他感觉自己终于无法逃脱了。他读到信件的最后一些文字,死亡和复活的故事。那部分文字已经远离了任何逻辑和道德律,那是一个疯狂的故事,那故事关于国王和他的生殖器和飞鸟和太监和古老的大神和未来世界的小说家,那里面充斥着那些胜利的小说家们所试图躲避的所有东西,也是被王国禁止的所有东西,那是杀人的最后手段。他读到了一个疯狂的文字组合,人类思想里最可怕的文字的组合,强奸、偷盗、杀人全都不及这邪恶的力量,终于小说家陷入了昏迷。

凌晨四点左右,驿站小屋屋檐上的一只鸟听到一声惨叫;几里地外的一座长亭处,驿马鸣叫一声,朝别的地方奔去。这时,苍老小说家已经死在了驿站破旧的木床上,那床因为承载着一个疯癫的灵魂而颤颤巍巍,以至于他的新衣全都从墙上掉落下去,盖住了他的尸体。而那封杀人的信件还展开着,那其实只有一个开篇,后面则是一张张的空白,可每个不同命运的承载者,都会从这个如此简单的开篇读到不同的悲剧,这种谋杀多么优雅。那些文字就在那里,几天、几年、几百年,从不消失,永远吸引新人的到来。

四
复活的故事

这是一篇被禁的西方蛮夷的故事,也许是一部被某个小说家隐藏起来的神秘故事,也许是只有见多识广的皇子王孙们才可以接触的故事,这故事大概是从宫廷的鸟儿嘴里流传出来的吧。

神子被钉在统治者的十字架上,他不进行任何反抗,因为他是一个迷恋古老悲剧的人,或者他只是一个流浪诗人口中的形象。悲剧之所以令人想到神灵并获得信仰,是因为它包含了一种牺牲精神。被钉在十字架上之前他已经可以向世人展现各种神迹,那些看到神迹的人是苦难中的农民,而一旦观赏者变成了强权分子的时候,他开始了非暴力的抗议,他不再展示神迹,不再试图挣脱。这就是将美的事物毁灭给人类来看。神子兴奋地感受着肉体被刺穿、被撞击、被唾弃、被鄙视的快乐,在这种快乐之中他迎来了常人不能体会的幸福的生命体验。接着,神子短暂地死亡,其实那不是死亡,那是一种沉迷,沉迷于对胜利的宣告,对希望的宣告。果然，当统治者感到他们已经从这宣称自己为神子的人身上剥夺了一切的时候，他复活了。它的意义在于，人类有永远不会被剥夺的东西：当神子一无所有，甚至没有了生命的时候，他甚至又开始向人们展示神迹，于是所有人臣服了，曾经的统治者也拜倒在他的脚下。

后来，因为这个故事，在这个古老王国中，人们相信，死亡的灵魂也都要接受三个质问：

第一：民间题材中的神话属性是什么时候形成的？

第二：这个问题或者也是询问流浪者属于什么时空？

第三：这个问题还可能是在询问流浪者和小说文学的根基，是小说家创造了世界幻觉，还是世界幻觉成就了小说家？

正因为世界上有如此故事和如此质问，远道而来的苍老小说家已经从死亡之中灵魂出窍，他知道小说家都会有两次死亡，第一次是他们故事的死亡，第二次则是真正的肉体死亡。

接近黎明时，他的灵魂看到几个人在他身旁记录着死亡现场糟糕的情况，一片狼藉的屋子里散落着几本书和一些粮食，他的尸体却表情安详，仿佛早已了解到世界上所有发生过和尚未发生的故事，这也是小说写作的魅力之所在。苍老小说家的灵魂飘散着、聚集着，像是空中鸟群的聚散之舞，那仿佛是一种巨大的智慧，一个超乎人类之上的生命，但是这生命每个夜晚都会分散成麻木且瑟瑟发抖的可悲的孤鸟。那么这个生命每时每刻都在接受着这样的三个质问吗？苍老小说家不去想，他只知道，对于国王，杀死小说比杀死小说家更为重要，而他必须做点什么。

于是，在这样的黑夜之中，他的灵魂拼命地呼吸和挣扎，他找到了那三个问题的答案。他复活了，如同那个古老的谎言一样，他准备继续说谎，而这些谎言则是为了对抗国王的谎言。接着，他开始思索：首先，需要找出是谁杀死了他，在众多自信已经逃出国界、风俗和信仰樊笼的小说家们陷入残杀的时候，古老的杀人手段从历史封印中重新被解开，而一旦知道凶手是谁，他便要行使以相同方式复仇的权力。

小说家们大多已经乔装打扮，他们深知去京都的路上危机重重，苍老小说家寻找着这些过客身上的细节，对于他来说，只要看一看那些年轻的、怀有写作抱负和天才情怀的人的眼神，就能知道他到底有没有在发展那古老的杀人文字了。

黎明时分，他穿上衣服离开那驿馆，带着疑问，也带着拯救小说的使命。

艺术和阴谋间的对抗开始了。不久之后，谎言真的开始流行起来，在每一个小说家必经的大路上，关于国王的谎言像是春天孩子们放飞的风筝一样漂流着，苍老小说家正是谎言的发起者。这是一次挑战，很快，国王害怕了。每天早朝后，后宫的太监都会打开成千上万封地方官员递来的折子，密密麻麻的谎言由同一个谎言演变而来，而最初的谎言是这样的——

五
王的爱情故事 II

三十岁时，这个国王已经拥有了整个世界，但他依旧年轻。

一天，国王在自己的后宫安息片刻，睡梦中听到一只鸟的鸣叫，那是王妃饲养的鸟。它有一个好听的名字叫天堂鸟，长长的羽冠，华丽的翎毛，人们认为这只鸟能够进入灵魂的世界，也能将死亡后顺从的灵魂引入天堂。国王是被这只鸟叫醒的，睡眼蒙眬中，他看到自己的爱妃正在身边，她是他的挚爱，为了她，他将后宫中所有其他佳丽都忘记甚至遣返了，而她倾国倾城之美必将超越一切其他价值！此时，她身披茜纱和绸缎，那冰清玉洁如出水芙蓉般的身躯，若隐若现，她大概等待多时了吧。天堂鸟住了鸣叫，可国王却突然伤感起来，他想到即使如此的美貌也终会如秋天的百花凋谢，什么才能让生命之美永葆青春，难道世界上没有一种方法可以做到吗？如果没有，那世界便不是完美的，而对于这个并不完美的世界，却要用宝贵的生命去征讨和占有，又有何意义？

三十岁时，他时常陷入这种哲思。渐渐地，对于整个世界他都不再在意，他能够继续征讨世界外的世界，但那些富饶的沃野和远方的城市能够带给他这未知问题的答案吗？他望着自己的王国感叹，先王一代代死去，只是留下更多的战争和更复杂的疑惑而已。

他坐起来，在爱妃身旁，他爱抚着她的身躯，四目相对之中，想到曾经的传说，那些故事事关永恒。突然，他明白，只有那些被美术家绘画过的美人、被史学家记录下的王国才是不朽的。突然，他明白，只有那些被小说和诗歌传诵的爱情才是永远流传的，而当他们老去甚至死去后，每当人们说起他们的故事时，他们便可以一起重获新生！

那天，国王仿佛获得天启一般，他决定为自己的王妃举办一个小说大会，他要召集世界上所有的小说家，在他们之中选出最优秀的一个为他写一部作品，这部作品必将使他和爱妃不朽。国王想到自己未来的生命，无论是进行伟人一样的征讨还是像先贤一样的治理，都与自己童年接受皇族教育时看到的故事是一模一样的，重复那些古老的情节，就如无数其他生命在轮回中承受命运一般。而这个故事，这个命定的故事，将完全不同！

那天中午，国王与他的爱妃幸福地缠绕，他们在祭拜天堂的宫殿中（那是一个没有封顶的建筑）赤身裸体，他要把这两个上天创造的最美好的躯体，完全展示给太阳看，他们用这样的方式挑战永恒这堵墙,多么壮丽的场景!将不会有任何其他生命目睹这样完美的身躯,除了那只天堂鸟,和那个将会在小说大会中选出的万里挑一的小说家!

在这个庞大的国度,人们自始至终拥有着这样的信仰,那就是在世界的某个角落,的确存在着一个安放灵魂的地方。在那死地里人们依旧如此生活,需要各种各样的物质消费,与活着的孩子、青年、老年人一样。在这种信仰下,人们也得到安慰。但是为何活着的人都珍惜自己的生命,甚至没有任何一个地方不是反对自杀的?也许因为我们的世界还并不真实,至少不自由,因为我们的生命还不完全属于自己。比如如果国王的妃子死去,国王势必会痛心疾首,甚至想到死亡,但是接着就会引发许多连锁反应,那些追随者会殉忠或叛变,他们珍惜生命只因害怕改变而已。

很长时间过去了,这种改变终未到来。王下发的诏书都已接近腐烂,对小说家的封赏也已翻倍增加,但还是没有一个小说家来到京都。王疑惑不解,这是为何?终于,在一个深夜,朝思暮想的王逢上了一个小说家,但那只是一个灵魂。这个灵魂并没有穿着小说家那邋里邋遢的长衫,而是穿着一件新衣,他面容苍老,却展现出一种睿智。

这个老灵魂托梦给国王,他告诉国王,所有的人都希望目睹王妃的芳容,但所有的小说家都会害怕,他们害怕见到王妃后将会死去。首先,对于小说家来说,生命至高的意义将是审美,而最高的两种让人窒息的美,一种是他们融入永恒之海的记忆,另一种便是自然之美。因而一旦目睹了王妃所拥有的自然之美,生命意义便已完结。其次,据说小说家会获准描绘王与王妃赤裸的身躯,即使他们没有因美而死,也会因王的嫉妒而被杀。

王焦虑地看着他,他也平静地看着国王,国王问他到底是什么人?老灵魂告诉国王他自己的故事:他正是被召见的小说家之中的一个,他一直在不停地跋涉。即使很久以前,他就知道了自己必死的命运,可为了看到那终极的美,他依然决绝地前行。但王的征召却终于使小说家群体发生了内讧,在通向京都的道路上,有人用古老的杀人手法杀死了他,他便是那被杀者的灵魂。

王感到一种恐惧,睡梦中那个灵魂给他讲述古老的杀人小说的故事,仿佛使他亲自经历着由生到死、由肉体到灵魂的转变。王深深地叹息,灵魂的生命美妙吗?我们还会相见、还会继续讲述下去吗?小说家的灵魂沉默片刻,他其实早已将自己的死亡归咎于国王的诏书,虽然,他早已不再留恋死亡前的生命。

那是美妙的,是无限的,灵魂说,我们也会相见,我或者别的小说家终会杀死你,即使你所说的一切初衷是那么美好。

那么我也会拥有这种生命吗?王试探地问。

不,你无权拥有,除非……

除非什么?

除非你放弃尘世的美。

凌晨两点到三点钟的时候,只有一只天堂鸟目睹了这一幕:王惊醒了,他不再幸福,甚至不再对幸福抱有幻想,他看着黑夜中的王妃,他的身躯如此切近她的胴体,仿佛用火去接近一颗完美的冰的结晶。王沉默地坐了一会,那是一种绝望的静止,几分钟后,他从墙上取下一把锋利的剑,他的大脑一片空白,如同受诅咒一般,将睡梦中最美的王妃杀死了。

小说家的灵魂完成了复仇。

第二天,人们再也不知道王去了什么地方,他什么也没有留下,也许他的灵魂和王妃的灵魂一起飘走了,到了另一个故事之中。人们只知道,这个国家再也没有过小说家和说书人,任何来到这里的小说家和说书人都被官员们杀死了,但即便如此,许多人却仍在传诵这个王的故事,这些故事是谁传承下来的呢?也许那只是鸟儿的故事。

六

鸟的故事

从前有人相信,由于地域和语言的局限,人类是没有交流能力的。

他人太过遥远,古老的小说也需要跋涉万水千山才能被人知晓。但是由于人类对未知和远方的渴求,他们急切地需要信使,就如希望看到神灵一般。

终于,他们看到了飞鸟。你可记得,在冰雪刚刚消融的时节,远方的燕子来了,红色的腹部和尾羽连接成的剪刀样的长羽毛格外显眼,仿佛中国画师用墨笔轻轻地勾勒,在天际,在雕梁画栋的屋檐。你可记得,在它们的深红色脚趾上,一封遥远的书信飞越千山万水而来。那些文字是不变的,但如果经由不同人的舌头读出,则会产生很大的歧义,因为人们的发音使语言改变,这也是小说并不像诗歌一样适于朗读的原因。于是,你拿起了那书信,信中写着一个陌生人的悲伤，远方的他或者是她，由于生活中一些难于说清的故事，写了这封信，但你不知道在你读到它时，那人已经死去。但是为何将这样的故事留给飞鸟传递呢？因为飞鸟能够表达出人类的悲哀和怜悯，而人们本身却对此非常缺乏。这时候，你陷入了悲伤，开始思想着那个遥远的人儿早已不在的故事。

这便是鸟的故事。由于口语的流行和对蛮荒时代生殖崇拜的延续，粗俗的男人至今仍认为鸟和生殖器是相同的。当人们读到鸟的故事的时候，想到了一个曾经的国王，一个国王和他的被传说中的神鸟叼走又返回的阴茎的传说：国王的阴茎几乎不会说王国的语言，它只是像鸟儿一样鸣叫，这证明是一个在外语语境中发生的故事，只有那些不道德的国家的流放犯人才会讲出这样的故事。因此国王并不理解它的离开，当国王带着他掉落的器官继续争东伐西的时候，也庆幸自己作为一个不再完整的国王，却没有死亡。同时国王的阴茎也没有死去，而是成为一个独立的"人"。国王开始不再厌恶那些蛮夷的幻想，甚至不再羞愧于自己的缺失。国王开始与他对话，比如他使国王领悟到统治的代价，是因为他拥有作为人类的欲望，但那欲望就像阿基里斯追逐乌龟的故事一样，不断地增长永无穷尽，那才是凡人所要面对的永恒，永恒有时并不是光明的，而是充满黑暗。国王不断地行动，但这样的欲望是违背王道的，只有清心寡欲，才能长治久安。通过这些对话，国王逐渐发现世界是随着每个人的感官变得真实或虚假的，甚至他们对他们最为熟知的人——比如他（们）的爱妃——的感觉，也是完全不同的。

因此他陷入了悲伤，因为从这个意义上讲，他曾经统治整个世界的历史就如同一个流浪汉在某个肮脏的草垛里做过的一场春梦一样，这场梦只属于他自己，与任何人都无关，这多么令人沮丧！于是不久后，国王放弃了王国，他永远地去流浪了。

这个故事还有别的结局。国王的阴茎是一个乐天派，他并没有对任何臣子产生过偏见，也不像许多国王那样对某个爱妃过于宠爱，他甚至还出乎国王意料地回忆起一个相貌姣好的年轻太监的屁股——这是王朝的禁忌，是不堪的野史，只有一部在很久之前被认为有伤风化的小说里提到过这些，那位小说作者虽成为无数后人的偶像，但在生前却命途多舛，尝遍人间悲苦。但从这个意义上讲，国王的器官比国王更加懂得小说的真实性，而且他并不惧怕国王，它没有因为国王的禁令忘记这些故事。他说，那个太监后来惭愧地活着，终于有一天，他再也忍受不了，将这件事告诉了一只鸟儿。看来只有不完整的人，才会说出禁忌之外的故事。

说到这只鸟的故事首先必须说到小说的另一个法则：任何小说都存在虚假的部分，否则人们将不会用心灵去重新经历那些故事。当时的古国充斥着对君主统治的不满，大部分人甚至相信王朝会在不久后毁灭，但由于人民的古老信条：君权神授，因此没有人敢说出这件事，虽然他们也听说过无数古老王朝在信徒和贵族骑士创造的故事中的毁灭。那时，和小说家有近乎相同的隐秘命运的占星师和炼金术士们，夜观星象时发现王朝毁灭在即，便试图加速这种毁灭。

他们渴望更多人知道这条消息，从而激发革命，他们将这个消息传递给飞鸟，那些飞鸟开始到处传递关于革命的信息，仿佛这个王朝开始的时候，人们便跃跃欲试准备冲入都城的监狱，释放所有的囚犯，再用时常出错的机械装置，砍掉一个个国王的脑袋。不久，国王真的被革命者杀死了，那场革命被称为天堂鸟革命。但是为何还有众多的国王热衷于饲养鸟儿呢？因为在他们死后，飞鸟把他们的灵魂叼走送到先王的行列，在王国的人民看来，无论那些国王是一个仁德之君还是杀人魔头，他们都会上升到群星之中，因为千万人之中才会产生一个君主。

但是关于鸟的故事还有其他结局：正是因为国王对鸟的喜爱胜于江山社稷，才使那些鸟儿没有真正完成使命，它们有的被捕捉，有的被杀死，因为飞鸟中的一只叛徒泄了密，那正是国王爱妃的鸟儿。国王曾经迷恋小说，后来则被小说家中的一些激进者用古老的杀人小说追杀。他的书房里堆满了许多小说家曾经的原稿，他要找出到底是哪个小说家写出了那些使他险些丧命的文字——那文字虽未杀死他，但使他丢失了自己的阴茎，那是变幻多端的语言对他的报复，事实上，这悲剧正源于他试图去控制语言。他有一个秘密，他并不爱任何一个妃子，在他与自己失去的器官的一次关于飞鸟的对话中我们可以看出：他喜爱的并不是爱妃的脸孔，而是她们的声音——因为阅读小说的后遗症，他几乎盲目——只有在她私密又恐怖如一幅灰暗版画的呐喊声中，他才能获得高潮，才知道自己仍然需要繁殖，虽然繁殖最终会导致剧变，剧变会最终导致王朝的覆灭和易主。而深宫之中只有那个饲养飞鸟的王妃才真正地学到了民间的娇喘声，也只有她才倍受国王的宠幸，原因可想而知，在春天那些发情的飞鸟，到民间的屋檐下寻找野味，它的大脑里有一封信，包含各种各样的声音。

但这些已然都是谎言，它来自一个真实的谎言，一个是丧失阴茎的国王的隐喻——国王其实只是一个虚假的国王，他想做的只有找到成千上万文字之中属于他的部分，无论是为了创造还是为了毁灭——那就是苍老小说家的谎言。此时，谎言的制造者，那苍老的小说家早已越过千山万水，早已走过通向京都的不归途，他穿着一身新衣，穿过京都巨大的城门，一轮绛红色的帝国末日在天际昏暗地照耀着。国王对文学的任何参与都是虚假的，只有小说家才会关注小说，而小说家的诞生比国王的诞生更加来之不易，因为他们需要虚构更多人的故事，而不仅仅是裁决人的生死。现在，谎言被揭穿了，但是虚假的国王从他书房之中的书稿里又找到了什么呢？他对王妃和鸟儿说，我找到的就是这个故事，古老的、可以杀死一切小说家的故事——

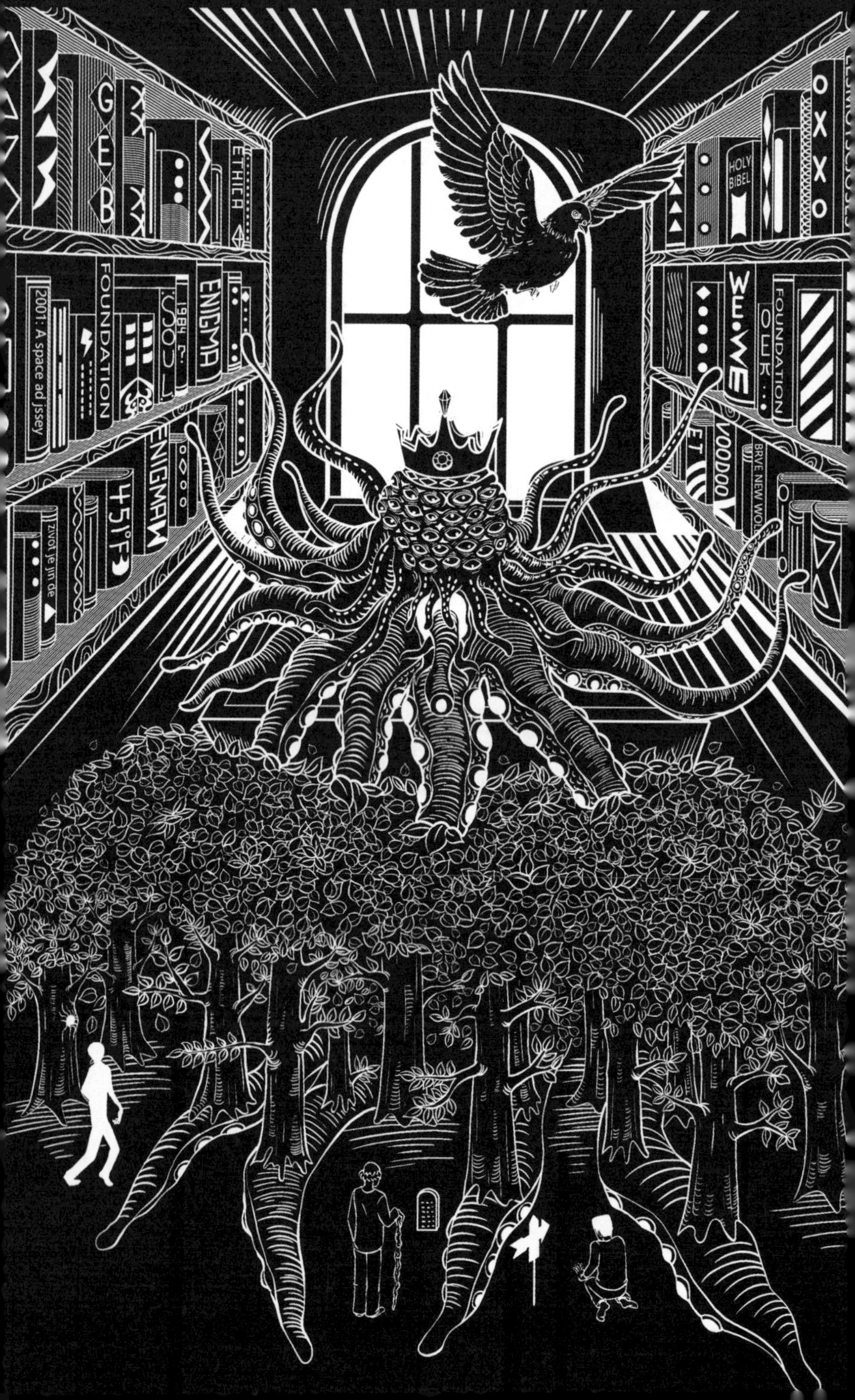

GEB
ETHICA
FOUNDATION
2001: A space ad jssey
1984
ENIGMA
ENIGMA
451°F
zivot je jin de
HOLY BIBEL
FOUNDATION
VOODOO
BRYE NEW WO

七

小说风格的故事

在一个古国，国王面临着一场危机，通向都城的道路上遍布"国王是假的"的谎言，这谎言是由一个来自异乡的苍老小说家编造的，他这样做只是为了阻止更多的小说家来到这里。但这才是一个阴谋！这个王国的国王太过善良，他从没有征讨过任何国家，他对异国他乡的认知和好奇完全依靠小说来满足，他的宫殿里有一个巨大的神秘书房，那书房里收藏了许多不同国度的不同小说手稿，他相信小说的世界大过任何一个真正的国家。谁都不能擅自步入那个书房，那是一个更雄伟的天地。因此，掌握了小说，便掌握了整个世界，苍老小说家为了使自己成为王国唯一的小说家，而编纂出那些虚假的故事。

究竟谁才是真的呢？小说已经被长久地限制，历史已经被改变，人们正在思索如何对这荒谬的故事进行判断的时候，也许正有新的小说家到达京都，也许就是其中的某个小说家曾经试图杀死苍老的小说家。但是他已经来到了这里，复仇的故事开始在他死里逃生并重新进行小说创作的时候,那时他发现自己已经不能遗忘那个曾经杀死自己的杀人故事了,他询问记忆,那杀人故事到底是不是曾经的经历?那些关于记忆的质问使每个人都会最终陷入黑暗可怕的世界观中,死亡不可避免。如果死亡再次到来,将是真正的死亡,而不只是小说的死亡。

带着必死的决心,苍老小说家来到了京都,或许他只是走上了重复多次的道路。他在京都停留的第一天,王国中心便传出了消息:已经有两个小说家到达了首都,他们将会受到国王的召见。

这与苍老小说家的预想有一些不同,为何不是只剩下"万里挑一"者呢?难道杀戮还未完成,难道还有小说家不知道国王的谎言?也许是消息出错了,苍老小说家想。他找了一家京都中央大道上的客栈,在那里,他透过薄油纸的窗子,可以看到通向未知领域的道路上一匹快马扬起的飞尘,可以看到王国的骑士们浩浩荡荡地远去征战,可以领略这个没有小说国度的人民对远方的幻想和期盼。但为了见到国王,首先他必须证明自己是一个小说家,如何辨别一个小说家呢?对于他来说是简单的,只需一个眼神即可,但对于别人却不同,唯一的方式,就是通过小说——这也是符合国王要求的方式。

苍老小说家开始创作一部要凭此去面圣的小说,这部小说将会写到他自己。

一个真诚的建议：小说中最好使用真实的人名和地名。要编造出一些值得信赖的专有名词是极其困难的，并极有可能把自己锁进悖论之中。

他在客栈的最高层写作，时不时有鸟儿飞过，激发着他的灵感，他写得飞快，那是一个真实的故事：

两个国家的两个国王因为对历史的争执而发动了战争，因为这场战争，一个小说家却赚足了资本。这个狡诈的小说家用两个不同国家的不同语言写作国王喜欢的故事和历史，那其实是同一个故事，只不过他把两个故事中正反两方的名字互换了一下。他将那篇赞美和贬低都达到了极致的故事交给两个国王，两个国王都非常高兴，于是小说家带着两份银子离开了。小说家的谎言被揭穿后，两个国王都希望杀死这个骗子小说家，但国王却没有充分的理由去杀他，因为无论如何他都是在赞颂自己的历史和诋毁对方。于是两个国王分别派遣了这个小说家的两个仇人去追杀他，那两个仇人一个是说书人，另一个是小说家曾经的女人。两个人有不同的目的去杀死这个小说家。前者是为了占有他的作品，以赢得小说家死后不朽的生命；后者则因为小说家的故事中曾经写到过自己，这样，小说便剥夺了她的生命（至少是一部分生命）。这两个人曾经都是小说家的朋友，他们都非常熟悉他和他的故事……

最终，在苍老小说家的故事之中，小说家死去了，而这两个人又将小说家的故事变成了另外两个不同的故事，故事不断地重现，真实变成了幻觉,历史变得荒诞,这个故事最后成为一个谜。

苍老小说家完成这个故事后踌躇满志,他换掉自己的新衣,又准备了一件破长袍,他要带着这个故事去面圣。他希望国王看到这个故事,因为在故事之中,在他的语言和思辨之中,隐藏着一个杀死国王的秘密武器。当然,他也希望看到抵达京都的那两个小说家读过这篇故事之后的表情,他完全可以通过他们的反应找出谁是杀死他的真正凶手,他的复仇也将完成。

苍老小说家将誊写出来的故事交给了一个官府的文书,并保留了原稿,两天之后,国王恩准面见他。国王坐在巨大的龙椅上召见小说家,这几乎是举国上下最重大的一件事,历经如此漫长的选拔和阴谋,如此复杂的谎言与杀戮,小说家们终于可以将自己的真面目展现出来了。那天,他甚至被告知不能再穿小说家的破长袍,而是换了崭新的文官礼服。

但那天的面见中,发生了两件事令苍老小说家感到吃惊:第一,国王竟然如此英俊,以使他突然改变了想法,这样英俊的国王,这样神秀的造物怎么会想到谋杀小说家呢?第二,国王并没有只召见他自己,而是同时召见了三个小说家。三个来到京都的小说家都已经呈上了不同的故事。同时存在三个小说家似乎也使国王有些出乎意料,然而国王则早有应对之策。他将这三个故事分别交回了三个小说家,并且发布了一道手谕,敕封这三位小说家是世界上最好的小说家,因为他们的三个故事分别代表了"亦真亦幻""绝对真实"和"绝对虚幻"三种风格。但哪个是最完美的形式呢？国王命令三个小说家对彼此的故事进行研究和修订，七天之后，看谁能够呈上最完美的故事，那个人便是万里挑一者，会获得最终的奖赏和权力。

正在小说家们谢恩和疑惑的时候，国王身边的太监出现了，他已按照规定将三个故事都誊写两份，分发到小说家手中。小说家们看到盛放着故事、仿佛来自遥远国度的镶金檀木盒子，里面是所有的六篇誊写本。太监按照顺序交给苍老小说家其中的两本，洁白的宣纸带着檀木的香气，故事像一个犹抱琵琶半遮面的美人出现在庄严的、珠光闪耀的宫殿里。从那最为神圣的殿堂之中出来，天色已晚，苍老小说家却再也没有迟疑，他立即明白国王的阴谋：他一定会把这场小说家的内讧和杀戮进行到底。

复仇成为他最想做到的事情，这正像一部小说，接着他怀疑自己也许不会成功，因为可能在三个小说家之中有国王的卧底。在国王为他们临时安排的并且将三个人彼此隔离起来的官邸里，他与任何人都无法交流。看门的卫士什么都不说，因为他们相信任何平常的一句话都会成为小说家们的杀人武器。于是苍老小说家无奈地躺在床上，灯光在桌子上晃动，他却再也无心体会屋外的微风和柳絮的香气。现在，他甚至没有一只鸟，他唯一拥有的就是另外两个小说家的故事。

八
古老的杀人手法 III

故事是否应该分成那三种风格呢?

小说家们从未对别的小说家产生过兴趣,从未在人群里分辨过别的小说家的脸孔,甚至所有小说中都很少出现小说家这种人本身。那么他们的风格是否能够清晰地表现在什么东西上呢?一个虚幻的小说家抑或是一个真实的小说家又或是一个亦真亦幻的小说家,他的身份由什么来判断?现在面对这三篇故事,苍老的小说家开始思考。

首先是完全虚幻,这种风格当然不会受到这个古老王国和它的人民喜爱,因为这不是一个热爱幻想的国度,虽然他们有无数的艺术成就——谱写音乐、创作绘画,虽然他们曾经写到古老的战争和史诗和神话,虽然他们对飞往月球的美人王妃浮想联翩,虽然他们时常描写和发生爱情,但现在,这种故事不会受到尊重,人们需要的只是现世的生存,而不是来世的生存。那么它的创作者的命运将是被杀死,即使国王的真正目的是写作一部伟大作品而没有丝毫恶意,虚幻小说家也不会有机会参与这项工程。

接着,是彻底的真实,那几乎是不可能实现的风格。真实即黑暗,这是小说家古老的训言,没有一个统治者会爱这种作品,原因可想而知。

那么,只有亦真亦幻的风格能够存活下来,谁的作品将会被国王认定为这种风格呢?

他回忆起早年读到的许多异域小说,那些小说的风格显然是"亦真亦幻"的。它们大多数将真实的故事隐藏得很深,以至于小说成为一种梦幻状态,这也是他们的古老哲学的形态,他们甚至相信自己是在某只蝴蝶做梦的时候幻化而出的。那些故事里没有真实的名字,而每一个名字和人都带有寓意,仿佛故事的主人公是为了成就日后的故事而如此言行和生活的。最后,作品本身的历史和命运也变成亦真亦幻的了,甚至成为新的故事。那时候中国流行着一种古老的文艺形式叫作批注,许多作者是这样做的,他们在故事的老版本中加入以另一个人的身份出现的批注,从而使自己变成其他人,形成了许多不同时空的作者的对话,这样作者自己也完美地融入异域哲学的境界里,那是一种伟大的和谐,没有了对自我的强烈定义,试图展现因为故事而产生的所有形象的风貌,从而生命变得自由和浪漫,甚至那些故事只剩下了一个真正的读者,即作者本身。这也说明古国本来是存在着梦境的,而且这个梦境过于多姿多彩、包罗万象,而这梦境唯一的可怕之处在于做梦的人是醒不来的,他们或者死在了梦境之中,或者即使醒来也不相信世界是真实的。

终于,深夜难寐的苍老小说家决定打开檀木盒中那两个故事。在灯光之下,他苍老的眼睛有些看不清,但他还是努力去看。可当他读到第一句话,却发现那字迹竟然如此熟悉,他深感震惊,他急忙命令卫士点燃了额外的一盏灯。出乎苍老小说家意料的是,他读完第一段发现那并非誊写稿,而是他自己的故事,他顿时感到一种恐惧,仿佛黑暗的窗外一双邪恶的眼睛正在盯着他。他定了定神,那会是什么可怕的阴谋呢?但最终他还是重新读起这个故事。在读到某些常人无法理解的荒诞不经的情节时,他感到了自己的危机,这些情节瞬间变得不与任何现实相关,因为他是怀着对国王的憎恨去书写的,而国王却是英俊的。

苍老小说家感到悔恨和疲倦,悔恨正是疲倦的原因,这是国王的阴谋。他明白了,国王将通过他对自己作品的否定杀死他,但他依然坚持读完自己的作品,于是那种古老的杀人手段再次奏效,可他只想挑战一下。当他吃力地打开第二个匣子里的誊写本时,他真的要睡去了,因为这本书依旧是自己的故事。他无可奈何地躺在了散发着香气的、铺着金丝被单的大床上,阴谋已经呈现出来,而对于他,那或许是美好的归宿——投入古国的阴谋之中。他将在这里最后一次做梦,并且真正地死在他乡,也许无数时间之后,这里也会成为他的故乡,因为他相信死亡是一场梦,他终将融入大的死亡，而在死亡的世界里是没有异乡的。现在他甚至渴望沉睡，夜的蛾子则在扑打着桌子上奇妙的红色雕龙蜡烛的火焰，他知道一切将会变成如此发生的故事——

九
小说风格的故事 II

在一个墨香涌动的古老书本中,记录着一个关于同一时代的两个国王的故事,这个故事被封禁,甚至写故事的人也遭受了文字狱。故事被封禁使得同一个时代的小说家们感到心惊胆寒,这种恐惧渗透到了关于小说的各个领域,甚至连造纸的工匠也感到害怕,于是文人一度无法买到纸张,但是为了写作,他们宁可回到原始的用昂贵的羊皮卷记录自己见闻和感想的时代。后来,国王发现所有的书卷和报刊都换用了羊皮纸,才知道事情的危害。但国王并不认错,只有等他死后,作家们才得以重新抚摸到那用鹅卵打磨过的,如同他们心上人肌肤一般的纸张。可是老王作古新王登基后,又一轮恐惧马上到来了,人们传言国王并没有死去,而是依旧像一个幽灵一般操控着整个大地,这个幽灵甚至出现在许多戏剧之中。

到底老国王是否已经驾崩?这是个谜,这件事由谁去解释?那时没有人敢解释和记录这些,除了一个小说家。那个小说家从遥远的地方而来，他的写作被人们认为疯癫和反道德，他甚至写过国王和他的生殖器官的故事，故事之中甚至有真实的语录。后来由于新王带来新的禁令，他的故事失传了，但是有些国王与阴茎的对话却流传下来，并成为人们的口头禅。于是这本奇书的古本受到了一批文人的研究和批注，新的批注者在文学已经灭亡的大地上隐藏着，终生只是反复推敲那些下三滥的对话。最终他们得出一个结论：其实所谓的阴茎根本不是一根真的阴茎，而是假的国王，那是两个国王的对话。批阅者后来成为新的小说家，文字狱不那么严重的极其短暂的年代里他们写小说，并以这些对话为底本，写出了许多关于双王的故事，但现在我们不能重复这些对话，因为还有国王没有死去。

苍老小说家面见国王的前一天，另外两个小说家也受到了国王的召见，其中一人的文章记叙的同样是这个国家的一段历史。那时候有两个国王，他们就像以前那些在幻想中分身为蝴蝶的哲学家一样，一个国王以权力利维坦的身份出现，另一个则以意识形态的身份出现，他们之间没有战争，只是发生了许多复杂的故事。比如，两个国王爱着不同的故事，也分别收留了不同风格的小说家作为幕僚，他们曾经请小说家根据同一事件写作两篇故事，却发现了一个真理，世界上没有一件事能做出完全公正的评判。最终，两个国王之中的一个先死去了，另一个由于悲痛过度也死去了，于是，这个国家开始杜绝两个国王同时存在的现象，甚至有一点端倪都必须扑灭。

——如此写作的小说家一定是那个"绝对真实"的小说家，但是国王一定不会承认这一点，正相反，他要让世人相信这个（冒犯了王权的）小说家是"绝对幻想"风格的小说家。因此，国王告诉太监将檀木盒子里的小说捣了鬼，用这种方式，国王不仅杀死了苍老小说家（这次他是真的死了），也可以嫁祸于写出这个真实故事的小说家——人们当然会相信苍老小说家正是他杀死的，因为他们二人有许多共同点，他们都写了关于双王的故事，虽然，真实小说家一再声称他根本没有读过苍老小说家的故事。

　　那一天，两个小说家中的另一个带来了一个异域故事，讲述了一个非常有思想但不得不去流浪的中国哲人看到路上的一个骷髅，他询问那骷髅想不想起死回生，骷髅说，他不愿放弃在死亡的世界里享受到的美好生命。

　　但是这个故事还有另一个结局。骷髅对哲学家说他想复生，于是他复生了。而复生之后他却忘记了作为骷髅时的一切，就如死人会忘记生前的一切一样，他看到自己没有穿衣服，盘缠也丢了，因此跟中国哲人胡搅蛮缠。中国哲人只好走开，于是中国再也没有出现起死回生的人。

　　可在小说家那里，这个故事还有更加不同的结局。骷髅最终复生了，并且询问中国哲人一个自己刚刚想到的哲学命题，他自己其实也是一个哲人，正是因为哲学的思索使他沉睡在那里。中国哲人告诉他那不是沉睡，而是死亡，并询问他死亡之后的感觉。

但那个复生者却并不理会中国哲人的一派胡言，因为他的头脑全被那个哲学问题填满了。骷髅思索的到底是什么问题，才会使他经历了生死都不会忘却呢？中国哲人来了兴趣，想象着自己作为哲人也许能够将这个问题解开，便询问那复生者是否有一丝线索。他就这样不断地问，终于那个复生者厌烦地走开了，走的时候浑身还是赤裸裸的。这使这位中国哲人更加着迷了，他自己陷入了关于问题的问题，他就这样思索着、思索着，直到成为出现在那里的新骷髅。

国王看着这个小说家，他是最早到达京都的，他不是王国的人，但是国王看到他的文字就喜欢上了他。这个小说家长得无比英俊，以至于人们认为他的所有美丽故事全是自恋的产物，他清秀的容貌使人们怀疑他是奸诈的魔鬼化成的，他高尚的谈吐使人们不易看清其话语内在的真实。但是国王喜欢这样的人，他知道自己已经不再需要另外两个小说家了，只有这个小说家使他信任，他仿佛看到了一部伟大的作品，但那部作品中将会写到谁呢，那又会是怎样的故事呢？国王想象着许多与历史完全不同的故事，只有那些故事才是流传最广的，那是异国蛮夷的故事，那也是最邪恶的和最真实的故事。

十
肉体的故事

王妃是整个大地上最完美的造物,从古老的东方到遥远的西域,当她把面纱摘下的时候,人们宁愿为留住那永恒的一瞬而立即死去。可国王并不喜欢她,不仅是这个王妃,所有的王妃都是一样。这个国家见过国王真正面目的人很少,而见过王妃的就更少了。但在国王和王妃之间有一点不同,那就是国王并不希望别人见到他,那样会使他陷入危险,而王妃却渴望有更多人能够见识到自己的花容月貌,那是她的快乐所在。

两个人在深宫中缠绵之时,他们如同世界上的两个陌生人一样。王妃有一只鸟,这只鸟正是王妃的秘密。关于这只鸟有许多传说,我们曾说过许多次。现在王妃只穿着一身薄如蝉翼的丝绸罩衫,粉红色若隐若现的肉体卧在一张宽大的、雕刻着飞舞的凤凰和祥云的床上,她含情脉脉地看着国王。可这个国王啊,这个一国之君,这个天之骄子,并不像传说中那样高大威猛、仪表堂堂,反而像是一只畸形的小耗子,他的肢体扭曲、粗糙、毫不协调，他的脸孔丑陋、肮脏、令人痛苦。这样一个丑陋的人为何会成为国王呢？因为先王并不觉得一个相貌美好的男人能够统治国家，统治本身即是丑恶的，加上人们相信相随心生，因此必须是一个像小说家描写的丑陋敲钟人一样的人，才能绝对保持对权力的贪婪，才能绝对保持谨慎和强势。

王妃慵懒地卧在床上，在与国王的欢愉中她发现了一个真理，虽然那也许是因为读到了一部西域的关于复活的宗教小说造成的，但是无论如何，性爱激发了她的思索。东方故事里那些掌管着性爱的神和菩萨都是丑陋的，它们甚至不是人的模样，他们的信仰者称他们为欢喜佛，东方宗教的信徒中有人相信他们的方法可以达到阴阳气的互补和修炼。那是悲剧还是喜剧呢，美丽的造物如附庸般遭受丑恶的强暴？这种强力是否又更加证明了美的可贵呢？王妃想不明白，她只是更加沉溺于自己的容貌和青春，那使她忧郁并陷入了孤芳自赏之中，以至于她想到必须要毁坏她自己。王妃希望每次看到这个国王，这个畸形的小怪物，用各种方式折磨她，她甚至希望国王变得再丑陋一些，再可怕一些。但当她体味和沉溺于肉体的欢愉时，她的鸟儿甚至在一边观察和思考时，她身上的国王却没有什么感觉。

终于国王对王妃感到了厌倦，他离开了王宫。他询问太监这个世界上有没有一种人能够解释这些关于男人和女人的现象。太监想到了流浪着的小说家们，他们没有金钱和权力，却会得到女人的倾慕和爱情，国王对小说家产生了无比的憎恨。不久之后，国王把自己的阴茎割下留给王妃,然后发动对小说家的战争,在王国的每个角落。

当国王杀死了王国里所有的小说家之后,他再次来到后宫,对于国王来说这是短暂的分别,但对于王妃,她已经长久地忍受了孤独的痛苦。但国王再次临幸于她,带着复仇的喜悦,王妃则更加陶醉于悲剧和受难,她太过激动,递给了国王一把刀子。来吧,刺我,于是,这个丑陋的国王笑了笑,那几乎是他第一次对王妃露出笑容,他一边笑,一边举起匕首……

但这个故事还有另一个结局,谁知道哪个结局才是真实的呢?历史上记载,国王回到王妃宫殿的那天,王妃正在读一本遥远的神话传说,她把那个传说讲给国王,那是这里流传的第一个西域故事,一个关于复活的故事。

十一

复活的故事 II

那其实是神子复活的另一种说法,这种说法更有可能出自某个小说家之手,它仿佛拥有什么神秘力量,它也只在这个国家流传着。

神子复活了,拥有了一切力量,这时却发现自己带血的脸孔与造物主上帝无异,而上帝曾经也是一个杀戮者。只有当神子死亡之后,或者当他明白即使死亡,即使最终的孤独也会使他依旧拥有一切信仰之时,他感到对那些外国士兵的显圣也是多余的。他想,对于一个创造一切的人,即使成千上万次地托生成世上凡人,成千上万次地牺牲于暴力和愚蠢,也依旧于事无补。因此,这个国家的人听到的故事都终止于神子之死,这些人相信,只要是美和道德还存在着,就一定会有丑和暴力,什么可以结束这一切呢?他们向命运提出了一个交易,他们拥有了漠视美和丑的权力,甚至漠视漠视本身、漠视对漠视的漠视,这些东西最好也别来侵犯他们的生活。所以小说家们来到这个国家,发现不同风格的故事其实对于他们都是一样的,他们只是生活。

这样,人们便不难理解王妃的做法。王妃看到了国王拿起匕首的时候,感到自己的美即将消亡,而这种牺牲是毫无意义的,于是她提出与国王做一次交易。她不再去渴求国王的爱,也不再幻想牺牲与暴力,但国王要保留她的生命。但这个交易展示了王妃心灵中的阴谋:如果国王同意了她的交易,那么她将会活下去,她便逃离了无用的牺牲,她胜利了;如果国王将她杀死,则证明国王害怕这种牺牲之美的存在,而用暴力证明暴力的可行性将成为一个道德悖论,那同样是一种胜利。

国王最终同意了,但为了保全王室的颜面,他要求她秘密地离开王宫,她可以去任何地方,但不许她说出这些故事。王妃离开了,带着她绝世的风华和胜利感,她成了一个普通人,或者成了一个女说书人,后来人们时常听人说到不同版本的西方圣人的故事,这些故事里从没说到国王。但人们都明白,这也是国王和王妃的故事。

但这个故事还有一个明显的破绽,在国王和王妃的宫殿里,发生这一切的时候,国王的生殖器在什么地方呢?在故事中,国王的生殖器已经是一个活生生的生命了,他是在什么地方偷听吗?有人说,他经历了另一个故事,另一个古怪、邪恶的古老故事,也是所有残缺的肉体都会经历的故事,那或许是关于太监的故事。

十二
太监的故事

如果一本小说中记录了国王和小说家之间的对话,那会使这本书受到更多重视,这是小说家惯用的伎俩,他们以此来吸引读者。他们不仅杜撰作者和国王的关系,还会捏造自己和作者的关系,有时候他们还会因此流泪,因为谎话多说几遍就会成为真实。所以当他们再次说到苍老小说家之死的时候,他们"扭曲"或者是"发现"了一个因这种伎俩而被忽略的事实:太监不会因失误而把国王檀木盒子中的东西弄混的。这种事情的发生对他们来说是危险的,危险性相当于将自己的"宝贝"和脑袋弄混了。

他们无比忠诚,他们谦卑的态度曾使国王幻想将所有人都像牛马一样骟掉,就像先王幻想整座城市只有一个脖子一样,但太监也有不再忠诚的时候,这次便是,这次太监被一个英俊小说家买通了。

在第一个到达京都的小说家的官邸里,太监奉王命为其展示了国王封赏的珍宝，这些珍宝将会提供给万里挑一的小说家使用，以完成最伟大的小说。这次，太监有幸见识到了什么是最贵重的东西，但是太监看到珍宝并不像英俊小说家那么激动，反而他只为那些镶嵌着各种饰品的盒子所吸引。那是些什么样的精致盒子呢？那些盒子华丽得仿佛能够装得下一个人的灵魂，仿佛能使每一个富于幻想的小说家产生在那盒子里度过一生的渴望。那些盒子曾经盛放过无数书籍：从无道德的遥远王国里掠夺而来的无法看懂的文字；从这个国家的异端手中搜寻到的记录着历史的应该被焚烧的思想；从民间的那些灵魂的安慰者和教徒的聚集地收买的炼金术符号和巫师的咒语；从历代王者们手中继承下来的可怕事实……也许那些盒子还曾经盛放过敌人的珍宝；皇家庆典时候的珍奇果品；会复活的骷髅的头颅；战无不胜攻无不克的妙计；皇太后的头发；王妃的指甲；王子们的胎盘。无所不有。

太监看到英俊小说家面对这些珍奇的造物，眼中都闪现了泪花；而英俊小说家也看到，这个贪婪的太监仿佛听到了世界上所有被切下的生殖器的嚎叫（当然，王的生殖器也在其中，只是更加绅士一些）。英俊小说家镇定了一下精神，他开始思索，最后他只用这里面的一个盒子买通了太监。他告诉太监，只要把三个小说家的六篇小说的顺序弄乱，他便会成为最终"万里挑一"的那个，而那时，他将会把那最完美的盒子送给太监盛放他被割掉的器官。多好的一笔交易！卑贱的太监想也没想，便决定按照英俊小说家的计划行事。京都大殿召见那一天，那六篇誊写本的顺序颠倒了，故事照常进行，最后英俊小说家将原本要盛放最伟大的小说手稿的盒子送给了太监，于是太监的"鸟儿"得以与世界上各种最光艳夺目的珍宝相媲美，他感到自己又是完整的了。

　　就是这样，太监和生殖器的故事有些可悲和简单，但都是机缘造化，可他是否真的如此杀死了苍老小说家？说书人之所以这样说，是要将所有的罪恶全部推到太监身上，这样他便可以避免文字狱，而国王自然知道从古至今皇家身边的畸形人造成的灾难并不算少。这样，说书人便保护了真实的故事。

十三
小说风格的故事 III

苍老小说家的死讯传来的时候，人们纷纷猜测是谁杀死了他，当然，最主要的嫌疑落在另外两个小说家身上。但是所有对国王忠心不二的官邸卫士都可以作证，三个小说家没有过任何接触。

在距离苍老小说家不远处的官邸，居住着所谓的"绝对真实"的小说家，他因为写了"关于两个国王的历史"的故事而使国王深感不悦，他并不能理解这种冒犯，因为对国王心思的推敲与他的写作理念是相违背的。对于写作，他只记录，不思考。于是他回到官邸，自顾自地安然研究起他得到的那两篇誊写书稿。

真实小说家研究得非常认真，他为七天的研究做了一个细密的计划。

计划的第一天里他只是阅读那些文字，他相信在那些文本之中将会呈现出一些东西，就如同大地深处将会呈现珍珠一般，这种阅读其实仅仅是欣赏，欣赏那些缮写师的书法，从那书法的一勾一画之中想到书法家在读到原本的文字时的细微心境变化。这种心境的变化虽然来自旁人，但对于理解原作却是非常有帮助的。认真地读完第一遍之后，他感到的只是真实，没有任何秘密。而且他对于文字的研究并没有使其发现那个显而易见的错误——他读到了自己的书——这是古老的小说杀人手法不能奏效的另一个案例。

但接着，真实小说家开始了第二遍阅读，这一次，他才读出了故事。当然，首先他发现那之中没有苍老小说家的故事，他犹豫了许久但还是接着读了下去。他读到的两个故事之中的第一篇是"骷髅复活的故事"，来自写幻想故事的英俊小说家：一个骷髅复活了，因为除了他自己，他深信所有的小说家都不会反抗小说的古老原则之一，即小说之中必须包含幻想。因此他开始推敲使别的作家产生复活幻想的原型，令他感到惊讶的是，他首先想到的是生殖。

作家们曾将生殖器比喻成一支巨大的毛笔，其中便体现了写作和生殖的关系。"骷髅复活的故事"中，哲学家因救活他人而死去，真实小说家虽然不明白其中的哲理，但已经了解到写这个故事的小说家的风格——那不是虚幻，而是彻底虚假，只有英俊小说家才会做出这样的事。想象力是否为小说核心的元素呢？小说难道不需要重新描述神创造的世界吗？他想到也许国王所中意的正是英俊小说家，因为他的文笔最好，就像是国王盛放敌人头颅的盒子表面的那些装饰，但是这将使国王失去历史，这也将是对小说艺术的一种打击。

而当他第三次阅读时，他再次读到了自己的故事，这时，一只飞鸟落在屋檐，带来了苍老小说家死亡的消息，他是被古老的杀人小说杀死的。他很快便痛苦而惊恐地想到，也许国王并不再需要自己和苍老小说家，对他们二人的杀戮已经开始，杀戮将会成功，而最后，国王还将会控制英俊小说家，这自然也是控制了整个小说世界，控制了整个历史和真实，这才是阴谋所在！但为时已晚，当他想到这些，已是第二天的深夜，他感到门窗紧闭的官邸里游走着无数看不见的灵魂，他们都是死在通向京都道路上的小说家，现在，他们来召唤他了。他绝望地坐在那里，陷入疯癫。这时，他又一次看到那个盛放缮写本的紫檀匣子，为何国王会笨拙地将三个故事错放，用小说家的手段去杀人？任何一代国王都有过禁止小说的行动，但小说却依旧可以流传，国王不会因为要杀人而打乱自己创造最伟大作品的计划，难道他真觉得英俊小说家一个人就能够完成那样伟大的作品吗？他似乎理解了虚幻是什么，他等待着死亡，也幻想着英俊小说家会写出怎样的故事。

十四

太监的故事 II

英俊小说家的阴谋已经成功了一半,但是他并不知道对于那个既不像苍老小说家那样狡猾又不像自己这样激进的真实小说家该怎么办。真实小说家是愚蠢的,他一定不知道国王真正想要做的是什么,所以他会是自己最终计划最大的绊脚石。国王曾经设想只留下自己创作那部最伟大的作品,但也许又顾及真实小说家掌握着大量的史实,甚至是国王自己的记忆,因此国王很可能最终决定让他们两个共同完成那本巨著。这是士兵传来的消息,但是,这真实吗?他想了想,无论如何一定要让真实小说家死去,这并不残忍,因为他的愚蠢会害了自己。真实小说家甚至不及自然界的动物,当天空中迁徙的鸿雁遇到了突然出现的鹰或隼时,尾雁会自己掉队,为的是保全整个雁群,这就如同古代刺杀君主的刺客一样,他怎么就不明白呢?难道他所看到的表象就是全部的真实吗?虽然他拥有着写作小说的技巧,却没有为人处世的技巧。英俊小说家焦急地思考着,两天后,苍老小说家遭逢不测的消息终于传入他的耳朵,他知道苍老小说家这次是真正地死了。

一个想法终于诞生,那天,英俊小说家急忙让自己收买的一个太监去苍老小说家的官邸取走了小说誊写稿。

但这个太监在进入官邸时遇到了麻烦,他看到,国王为了表示虚假的哀悼派去许多信徒在那里用他们的方式祈祷和安魂,葬礼将在五天后举行,那也正是国王再次召见小说家的日子。太监看到官邸外有许多官兵把守,甚至整条街道都处于戒严状态,谕旨上说不许有任何人打扰苍老小说家的灵魂,因为他是为了给国王著书劳累过度而死的。

一个卫兵头目告诉太监真正的原因是那里有件神秘的宝贝。太监偷偷地塞给军官几两银子后溜进去,但那里的一切几乎都没有变化:在苍老小说家的桌子上,一个精致的檀木盒子打开着,洋溢着奇特的东方香气,四周放着故事的誊写稿、一支巨大的毛笔、一把羽毛扇子,小说家的灵柩则安放在另一间屋子。

太监偷偷地拿走其中一篇誊写稿,但他并未完全遵从与英俊小说家的交易,他想到了一个更加可行的方法。他离开那里,独自默默地在中央大道上走着,临近英俊小说家官邸的时候,他却转入了另一路口,路的尽头,便是真实小说家的官邸。太监把那篇誊写稿——苍老小说家的故事——交给了真实小说家。也许直到此刻真实小说家才分清了表象与真实,也许还不能,但现在他至少掌握了更多的表象,虽然临召见的日子越来越近了。

真实小说家开始以最快的速度对苍老小说家的故事进行探索，他读到了苍老小说家精湛的故事技巧和深刻的思想内涵。那天晚上，他完成一天的阅读，刚刚熄灭灯火准备休息时，突然感觉在那个"骗子小说家"的故事中，存在一个矛盾：两个国王派去追杀骗子小说家的人不可能同时圆满地完成任务，是的，只可能有一个人完成了国王的任务，而另一个则会受到国王的惩罚。但为何结局是骗子小说家的故事成为两个不同的版本呢？这说明苍老小说家必定在此隐藏了一个只有他自己经历的故事，那是什么呢？真实小说家重新点燃灯火，坐到书桌前，这时，他仿佛突然觉醒一般领悟到：苍老小说家曾经死亡过两次，而只有在英俊小说家的"骷髅复活的故事"里才发生过这一幕！

真实小说家呆呆地坐在官邸的书桌前，眼前是摊开的书稿，一盏灯影影绰绰地摇曳着。这说明英俊小说家就是第一次试图杀死苍老小说家的人，现在他已经成功，而他的下一个目标，一定就是自己了！真实小说家感到脊背透过一阵凉意，他朝窗外的街道望了望，急忙熄了灯火，他害怕有人监视，接着他安静地躺在床上，假装睡去，但怎能真正入眠？他辗转反侧，如果国王读过这些故事会发现这个矛盾吗？难道国王不会想到有人在一直追杀他的小说家们吗？最后，他终于明白，国王从未读过三人中的任何一篇故事！

但是真实小说家的推断却产生了另一个悖论，而那可能是另一个可怕的事实：苍老小说家并不知道是谁在试图杀死他，而他又在"骗子小说家"的故事中创造了这个矛盾，那么这故事里隐藏很深的那件语言暗器是没有目标的，那就是终极的杀人武器！那么说，他自己就不应该读这个故事。但想到这一切时已经迟了，在故事的中间部分他读到了杀死小说家的场景，他的思绪随着苍老小说家的笔触回到了那个驿站，掉落在地上的崭新的衣服，赤裸的躯体，那封英俊小说家寄给苍老小说家的信件还在那里等待着，如同一个奇妙的死去的故事，如同那个真实的骷髅，如同一个梦中梦，但是没有一个人再去翻开那篇故事。真实小说家看到了表象，接着是真正的真实，那便是国王之所以没有读这三篇故事，是因为他早就知道苍老小说家的第一次死亡，也早就知道小说家们已经陷入内战，他们的小说中全是记忆和逻辑的圈套——那古老的杀人手法。那么真正想要杀死小说家的便是国王，甚至连英俊小说家都中了圈套，他们没有一个人能够活下来。

这样推断就完备了。真实小说家读完这个故事后，想到一个问题，一个故事中所蕴含的问题，关于死亡的问题。这个问题出现时，他做了最后一次回忆和忏悔，他知道今夜自己必死无疑，因为他发现自己也有过杀死小说家的企图，这是显而易见的，否则在走向都城的道路上，听到关于国王的那些谎言（苍老小说家编织的谎言）时他就应该止步了，但是他却最终来到了京都。他的记忆开始不断地重现着这个问题，这个问题成为他最高的哲学，他思索着、思索着，陷入了沉睡，最终成为"骷髅复活的故事"里的主人公。

第二天，太监再次来到真实小说家的官邸，发现他已经死去——苍老小说家和英俊小说家的故事杀了他，当然，太监不明白这一点。但他明白，这只可能是活人的圈套，那个活人便是英俊小说家，因为英俊小说家作为一个杀人犯当然知道复活的苍老小说家会复仇，而复仇的武器一定就在那小说之中，他指使太监颠倒小说的顺序正是为了避开这个危险。太监看到真实小说家书桌上的誊写稿，这个圈套便完成了，而他突然想到有一个方法可以结束这无尽的灾难，那便是烧毁掉这些小说家的稿件。于是，太监平生第一次像男人一样决绝，在国王正准备在这里举办葬礼的时候，他燃起了一把火。在这之前，他将装着自己宝贝的檀木匣子埋在了宫殿前一棵树下，那棵树上站着一只古老的中原吉祥鸟，不断地鸣叫，据说就是那种鸟儿将人们死后的灵魂送入那辽远和单纯的太空之中。他想，许多时间后，在那死亡的归途中，那灵魂的鸟儿会不会对他说起他未曾经历的、也最想知道的故事，关于小说家的故事。

十五

丑陋国王的故事

几天后,国王召见了最后的小说家——虚幻小说家。他穿上一身华丽的衣服,带着自己的故事来到王宫,听到殿内传出的觐见声,他缓缓地走过两旁站满卫士兵的甬道,国王就在宫殿正中正襟危坐,那威严的场景令人诚惶诚恐。

英俊小说家假装对苍老小说家和真实小说家的死亡一概不知,国王问起时,他悲戚地感叹了两声。大殿内所有的侍臣无不为他的愁容所感动,这便是传说中万里挑一的小说家了,他们想。大臣们决定不再耽误国王著书的时间(其实是因为他们对小说一无所知),他们一言不发地离开后,国王告知英俊小说家要在书房私下会晤。很快,英俊小说家被一个太监引领着,穿过迷宫一样的层层长廊,走过无数的庭院和阁楼,终于来到后宫一栋极为隐蔽的建筑之中,临近那神秘建筑之时,他隐隐约约感到一丝寒气。

领路的太监小心翼翼地告诉小说家,他所熟知的(被收买的)

那个太监因为在一次仪式中放错了盒子里的东西,他的生殖器已经被喂给了一只皇家宠物——秃鹫。这个太监显得过于谨小慎微,而英俊小说家听闻后,一丝不祥的预感涌来,他也更加小心。

国王在那神秘的建筑里等他,英俊小说家来到殿门前。太监说,这是国王最神秘的书房,里面有无穷的各个世代的小说,包容一切世间万物,那是另一个更为宏伟的国度,没有国王的许可,任何人不得踏入半步。许久后,大门才自动敞开。

英俊小说家如履薄冰般从缓缓开启的门缝中偷瞄了一两眼,但周遭仿佛弥漫着烟气。大门敞开时,他急忙低下头,直到一个锈迹斑斑的声音允许他抬起头来,但他似乎已经感觉到无限的恐惧控制了自己的身躯。当他终于透过消散的雾气看到神秘书房正中盘坐的那个国王时,险些因惊恐而失态大喊起来,不是因为整个屋子墙壁上堆满了小说和书稿,而是因为眼前这位国王已经不再是那个面貌英俊的国王了,而是一个极为丑陋的"东西",那东西甚至不能被称作人,它像一摊烂泥一样团坐在一个充满蓝色液体的水晶盒子里,周围被一万只触手缠绕着,那就像某种邪恶神话中的怪物,

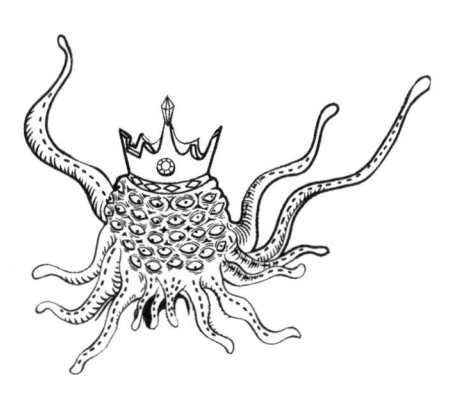

黑褐色的身躯上,无数只眼睛闪闪发光。英俊小说家已感到双脚绵软,突然那个泥泞的、锈迹斑斑的声音又一次回荡在了书房的屋顶、立柱和经卷之中。

看座……

一个突然出现的太监把英俊小说家扶到座位上。

于是开始了。首先,丑陋国王询问小说家读过另外两个小说家的作品之后的感触。

现在,问题来了,英俊小说家还没有读到苍老小说家的作品,他并不知道苍老小说家的写作风格是所有真实的事物在他笔下都如同幻觉一般,于是他只能惊恐地回忆真实小说家的故事。而他突然想到,那故事正是如此描绘了这个王国,这个拥有双王的王国!

英俊小说家感到一阵眩晕,巨大的挫败感涌上心头,他甚至怀念起两个小说家来,如果他们在的话或许可以记录下自己的死亡,而现在他将孤独无声地死去。

英俊小说家吞吞吐吐地说了两句之后,丑陋国王又发出一阵黏糊糊的声音催他快点说,他相信丑陋国王的声音会杀死所有的飞鸟和小说家。为了拖延时间,他还是先和丑陋国王说到了真实小说家的故事,他想也许听完他对真实小说家的分析后,这个怪物就会感到劳累，便不再想听他对苍老小说家的分析了。而现在国王暂且不会杀死自己，因为这个国家只剩下他一个小说家了。于是他一边沉浸在真实小说家的世界之中，一边感到一种安慰。但很快，聪明的英俊小说家开始面临另一个问题，他该如何总结真实小说家的故事？如果他说那故事是真实的，丑陋国王一定会杀死他，国王第一次看到真实小说家的故事就是这样想的；如果说那故事是虚假的，那么他显然是在欺骗，国王也不会留下一个欺君者。这时，英俊小说家感到万念俱灰。准备用故事为小说家们复仇的苍老小说家被自己害死了，而现在，他的那个隐秘的计划，那个牺牲两个小说家、保留自己完成复仇的计划，也几乎不能完成了。

他听到这神秘屋子里松香燃烧的声音，时间正在慢慢流动，他不知道自己在说什么。这时丑陋国王打断了他，他的一万只眼睛周围那布满褶皱的脸孔上露出微笑，他张开溢满黏液的嘴巴，对英俊小说家说，他要为他讲述一个故事——

十六
丑陋国王的故事 II

从前有一个俊美的国王,因为受到小说的蛊惑,决定克制欲望。他经历了一段漫长的流浪,与他相伴的只有著名的丑陋国王,那是他的分身,也是他身份的象征。两个国王时而骑着高头大马跋山涉水,时而甚至会在云雾中飞行,他们离开王宫时带上了足够多的银子,他们衣食无忧,只是有时感到疲惫。

英俊的国王希望再也不和任何人同行,但是因为他相貌俊美,还是有无数的女人和男人追逐他。他们遇到许多人,发现深宫之外的世界奇妙无比。他们遇到太平盛世里的织耕者,俊美国王试图体会他们的幸福,而丑陋国王则在体会他们的艰辛。丑陋国王热情地与那些农民说话,农民们并不害怕他的样子,人们见到他会问,你就是国王的分身吧?丑陋国王看到人们都如此喜欢他,便也会时不时因自己的身世而害羞、脸红。与农民们的交流使他知道了这个国家里那些最早失去性生活的人们的故事,因此他很长时间没有欲望了。人们也时常询问他,国王在哪里?他就摇摇头说不知道,为的是保护国王的安全。国王就在旁边看着他与农民们对话,也会想到自己的王宫和爱妃们,想到爱妃喂养的那只飞鸟,它也许到达过这里,也许这些人之中的某一个曾用飞鸟传递过书信,那一定会是一个女人。在流浪之中,丑陋国王不断成长,俊美国王为他买了一匹马,就像为王子买的那匹马一样。

转眼间他们离开王宫将近半年,他们见识了各种民间艺人,敲鼓的、唱戏的、吟游诗人、流浪的骑士和占卜师,一些艺人的七彩大篷车就停在集市旁边。这些艺人有的抱怨国王,有的赞美国王。他最感兴趣的就是那些说书人,他们讲述国王的故事,仿佛他们真实经历过那些故事,甚至国王自己也从他们讲述的小说之中找到了许多已经忘怀的记忆。这些说书人见到丑陋国王也会问:你是国王的分身吧?为了隐藏身份,丑陋国王学会了欺骗,他相信某一天他们还会回到王宫,但最终他们没有像出来时那样回去。

不久后王国中爆发了革命,双王一行与起义者相遇了。丑陋国王的丑陋使他并不具有传说中的贵族气质,他更像个普通人,所以起义军没有怀疑他们。但在一次混乱中,革命的队伍突然宣布要杀死所有骑马的人,因为骑马的人都是贵族。于是国王来到最近的领地,并把他身份的证明——丑陋国王给领主看。这些官员不得不相信,他们马上派兵征讨革命者。这次征讨中,国王亲自带兵,于是他和丑陋国王一起出发了,那仿佛是另一次漫行。而故事的最后,在战场上,国王被一支流箭杀死了,而丑陋国王却投靠了起义者。接着,他为起义者出谋划策,让起义者假扮国王,这样可以避免更多的战争,还可以获得王权,因为丑陋国王可以证明谁是国王。起义者同意了,于是他和丑陋国王一起回到了都城,而俊美国王的躯体则在荒山野岭上受着飞鸟的啄食,受着人们的唾骂,人们相信那就是那个失败的起义者。也许国王的灵魂还会对那些飞鸟讲起故事,也许他还会遇到中国哲人,也许他会起死回生。也许他们乐于听这样的故事,但这个故事也许还有别的说法——

十七

俊美的故事

国王在这隐秘的书房里讲完这荒诞的故事,英俊小说家陷入了沉思。那故事使他感到绝望。他还疑惑不解的时候,国王问,你相信这故事是真实的吗?英俊小说家不知如何回答,这时候一个太监来向国王报告一些事情,国王不耐烦地挥了挥自己的触手。

你对这个故事难道不提出什么质疑吗?国王逼问,那个革命者的领袖为何没有杀死丑陋国王?是啊,我有这个质疑,小说家谨慎地说,但是对于陛下讲述的故事我怎胆敢轻易质疑?小说家深深地低着头说,陛下如有要事,我准备回去好好想想这故事再给国王答复。谁都知道小说家是想逃离王宫。丑陋国王看着他说,不必了,你讲讲那个苍老小说家的故事吧,讲完之后,我将告诉你关于丑陋国王的故事的答案。说完,国王傲慢地笑了笑。

英俊小说家已经知道无处可逃了,他只能破釜沉舟,背水一战,他准备用一个真实的故事来要挟这个丑陋国王,那故事正是发生在苍老小说家身上的故事,当然这之中将会包含他自己的忏悔和仇恨,那才是真实的故事。

从前一个国王怀疑所有的艺人都在仇恨他,因为他不是国王,只是国王的替身而已,人们怀疑是他杀死了国王,篡夺了王位。他相信所有人的仇恨都是一样的,仇恨被语言扩大,被语言渲染和传播。于是这个国王禁止纸张的生产,以此来杜绝新故事的产生,但即便如此,依然有人创作出许多针对国王的故事。终于,国王想知道他们的仇恨来自什么地方,他试图在那些已回到羊皮卷时代的小说家之中找出一个来向他解释。于是他秘密地召见了一个小说家,但令国王失落的是被召见的小说家宁可自焚也不肯来京都。于是,国王召见第二个小说家,而他也在路上吞金而死。国王又召见第三个,这次国王命令士兵看好他,不给他自杀的机会,于是他被平安地护送到首都,可就在面圣的那天,这个小说家却在国王的宫殿上撞柱而死,这惨烈的一撞甚至让玉阶为之震颤。国王大怒,但还没有绝望,他继续不断地秘密逮捕小说家,却都以失败告终,他没有得到任何关于仇恨的线索。

最终,国王想出了一个主意,他在整个王国里大肆宣传国王要编撰一部书,要把全国所有的资金都投入到这部书的创作之中,这部书将是小说史上的奇迹。为使这出戏演得真实,国王又散布了自己已经死去的消息,并让一个傀儡成为新的国王,傀儡国王加冕后的第一件事就是撤销了对纸张的禁令,而后更是一改老国王的作风,大力提倡小说艺术。于是一大批小说家开始相信这个费尽力气编造的谎言。许多时光过去了，国王的身体状况越来越差，因为他早已宣告了自己的死亡，死亡信使和准备叼走灵魂的鸟儿早在等待着他，只不过因为他是一个冒名顶替者，信使和飞鸟都没能找到他。在将死的国王的一再要求下，召见的日子不断提前，这使一个苍老小说家起了疑心，也最终明白了国王的诡计。为了拯救小说家们，苍老小说家散布了双王的消息。于是小说家们止步了，但有一个小说家却是小说艺术的献身者，他决定尝试一下与国王和解，否则也许新的国王会杀死所有的山羊，就如同传说之中的国王要砍掉这城市的所有脖子一样。于是他毅然决然地来到了京都，而此时他已用尽毕生力量创作了一部神奇的作品，那作品的文字被赋予一种力量，所有懂得幻想的灵魂都会从中听到关于三个问题的质问，那三个问题只有死而复生的人才能解答，那力量能使人复活，也能使世界改变。

为了防止这部作品中的神秘元素被人识破，最后的小说家做了两件事。首先，他将作品藏在了一个只有他知道的地方，然后，他用古老的杀人手段杀死了苍老小说家，这个手法运用了两次才成功。最终，这个小说家见到了国王，他相信国王不会杀死他，因为他将会告诉国王仇恨的来源，也会告诉国王，任何时代，只要那部作品复活，王国就会发生意想不到的变迁。

英俊小说家说出了全部故事，他感到心灵中所有的压抑都被释放出来，他再一次回忆起自己隐藏的那部作品，那也许是国王所渴望的"最伟大的作品"，也许在今后的无数世代，任何君主连想一下都会颤抖，它是会突然在黑夜中现身的刺客。英俊小说家说完最后几句话，他对自己的故事颇为满意，同时，他终于勇敢地抬起了脑袋，他看到这个丑陋的国王脸上表情的细微变化，从那种变化中，小说家仿佛看到了胜利的希望。

　　这是个真实的故事，丑陋的国王缓缓地说。他边说边在玻璃盒子里舒展开自己的触手，当他感到舒适的时候，对小说家说，我也可以告诉你我的故事了。革命者领袖回到王宫，准备背信弃义地杀死替身国王的时候，后者提出了一个交易。他向起义者保证会帮助起义领袖来解决王室家事的问题，为了防止那些爱妃和鸟儿散布对新王不利的消息，那才是帝国故事的起源，他会告诉那些后宫的爱妃和她们的鸟儿，这就是真正的国王。而那些大臣则毫无影响，他们对国王没有任何别的企图，只希望活下去而已。新国王同意了交易，作为回报，新王没有杀死他，也没将他装在一个永远尘封的盒子里，而是给了他自由身，他还在生活，但是永远、永远不会听到，也不会说出什么故事了。

　　这个结局你还满意吗？丑陋国王直视着英俊小说家的双眼问，但是还没有等他回答便接着说，你的故事还没有讲完，也许下面才是故事的结局——

十八
俊美的故事 II

很久以前,这个国家的国君就相信,世界上不会真正发生的事情有许多,神秘的事件与其说是不存在的,不如说全是小说家的谎话。丑陋国王笑了笑,说,也因此,那个召见了小说家的国王应该杀死最后的小说家,也应该禁止一切小说的传播,甚至应该禁止造纸。

丑陋国王言毕,英俊小说家直视着他那邪恶的目光,丝毫没有退却。那么陛下认为世界上不应该有小说家,认为应该杀死他们所有的话语和他们的生命?英俊小说家略带愤怒地问。是的,国王对这样莽撞的问题感到震怒,因为我是国王,他吼叫道,我也毫不在乎仇恨,因为一个王国不可能没有仇恨,就像人不能永生一样,不能永生的人也不会在乎未来的灾难!说着,他再一次哈哈大笑起来,这次,整栋建筑都在颤抖,墙壁上那些古老的书籍和手稿仿佛都已纷纷翻开,密密麻麻的文字和空白恐怖的纸张挣扎着。

接着，丑陋国王挥动触手，几个太监突然出现在小说家面前，和他们一起出现的，还有一个巨大的刑具，那刑具上有各种各样的刀和绳索，谁也不知道那是做什么用的。刑具已经备好，丑陋国王把一个太监叫到身边说，照计划去惩罚他吧。说着，他闭上眼睛，完全地浸泡在海水溶液里，几个太监把他盘踞其中的那个巨大的水晶盒子拖走了。

国王要休息了，而他的仁慈也使他不忍看到任何刑罚，太监说。太监还明白，国王要他们割掉小说家的舌头以及双手、双脚，以使他永远不会说话，不会书写和行走。国王还要他们转告小说家，他那真实但带有威胁性的故事是不会获得原谅的，国王依旧会禁书，但是，他有一个更好的方式可以毁掉所有的历史。太监们搬上来一只更大的盒子，那盒子更加精致华丽，盒子上的珠宝照射着英俊小说家的双眼，使他感到了眩晕。那盒子正是阴谋的结局，因为里面将装上那被人憎恨的、传说中的"丑陋国王"，那便是受刑后的小说家，他将以丑陋的面孔示人，令人愤怒和疑惑。

英俊小说家沉默了，而且会失去一切自由和灵感，一个如他一般丑陋的东西永远不会写出真正美好的故事。但是小说家又突然笑了，他突然相信会有不死的生命，是的，一定会有——不朽，那不是人的形态的生命。但他什么都没说。他被押解着亲吻宫殿的地砖，他努力地抬起头，却仿佛看到了未来，仿佛看到他还在写，他相信丑陋的形象带给他的将只是写作风格的改变，而没有纸张、笔墨和舌头也不是问题，没有一切都不是问题，因为对于他来说写作只是一种思考方式,他或许不再写美丽的故事,因为他不再思想美丽的故事,他会思想真实、残酷和丑陋。

片刻后,杀人的书房静悄悄地完成了处罚,他的舌头真的被割掉了,手臂和双脚也被砍断。他被拖在一辆车子上绕着京都的大街示众,所有看到他的人都唾弃他,认为他便是那个背叛国王的替身,但是孤独和沉默使他感到最后的幸福。

当然,也许和无数故事一样,这个故事还有最后的结局。不久之后,就是在国王全面禁止小说创作之后,丑陋国王死去了,新的国王当然也会死去,而在他还没有来得及作古的时候就发现这个国家真的没有了小说家,没有了故事,没有了讽刺精神,也没有了梦和幻想。但是,人们都在恐惧,恐惧传说中的某个被隐藏的神秘刺客的复活,一些人还会记得,那其实只是一个故事。而一切都存在于英俊小说家的头脑之中,他不能说话,但许多古国的鸟儿则可以听到他那奇妙的如同万花筒一般的故事。一个遥远的王妃爱上了他,于是,在那春去春来的深宫之中,在无数的国王死去和改变的帝国里,一切都是短暂和虚假的,只有他,一个最为丑陋的身躯和一个虚幻的王妃之间的爱情是真实的,虽然他们从未相见,只留下那些连绵不绝亦真亦幻的飞鸟的故事。

当一座城市

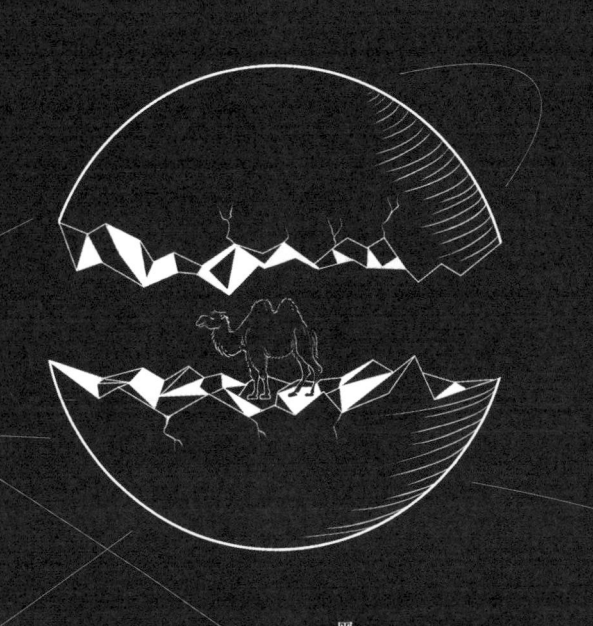

黑夜的骆驼背着我
走向远远的罂粟田
沙漠太冷群山太暗
我这条路有希望吗?

一
荷马的眼睛

索拉利斯这座城初建时，从远处来了一个盲人。

城市的建筑场地上，人们纷纷停下来，不只因为那是个盲人，更因为那是个中国盲人，从他的衣着服饰和身体特征上可以确定这一点。那其实是一个中国的北方人，他看上去很老，七十多岁的样子，脸孔消瘦，上面布满黑色黄色的沟壑和只有老人才会显现的静谧。看上去像是一座雕塑，人们说，是一个能够运动的雕塑，城市现在不正缺少这样一个雕塑吗？只有一点不像，就是眼睛，那黑黄皱纹衬托下的眼睛显得太有神了，只有仔细去看才能发现深藏的疲倦，他经历过什么？他穿的厚厚的羊毛大袄已经不会再起新的褶皱，而苍老的褶皱则像是停息的时间本身。

索拉利斯城初建时，只有那些来自世界各地的诗人猜测到，北方的一座城市毁灭了，或者由于地震，或者天火，或者别的未知的灾难。

建设城市的人们坐在地壳上歇息，彼此询问，建造一座城最初的原因是什么。雅典城还未建成时，一个已经在地球上生活了五百年的诗人荷马来到这里。雅典城还未建成的那个年代，诗人还没有盲目。那时候他可以在清晨感觉到光芒的美妙，并从这美妙之中寻找人类的神性。后来他们见到的东西太多了，一座座城市在他们的流浪和诗歌中出现和消亡。他们发现即使再美好的诗，也不能阻止人类在城市之中争斗下去。因为遥远的高不可及的天神就是这样的。荷马看到了大海，无数船帆奔涌而来，好像天使。他看到水手对一座华丽城市和女人的渴望，看到城墙上流动着的淡淡的血迹，看到一些经历着世界循环的水溢出在城市街道的方砖上，看到几何图形和飘浮在空气中的掉色的光芒，看到被忽视和切割的天宇以及在理智中运行的群星……那时候他还可以去看，因为城市还没有完善，当城市完善之时，城的主人——那世世代代的独裁者会取下他们的眼睛镶嵌在城墙上。因为这双眼睛不仅可以洞穿城市内在的真理，而且将那些降落于城市之中化身为凡人的众神一览无余。荷马心甘情愿地献上了双眼，那时候他已经不再用双眼观看，而且城市为每个用肉眼观看的人展示的风貌都各不相同，只有他才能看到城市永恒的一面。这就像更久以前的一个中国故事，然而，那时候中国还没有一个诗人这样做，丢失眼睛的是一个巫师，他因预言城市的战争而被处死，人们把他的双眼留在了城墙上。

荷马看着悠远悠远的大海里深蓝色的平面上漂浮的白帆，它们似乎来自世界尽头，通过无法回忆的太虚到达。我说到盲诗人

"看"的动作,但无法说出下文。他只说了一句话:"到了。"如同基督被送到十字架时说"成了"。

于是他的使命就是去记录这座城市,因为人类的生活本不需要城市,城市更像是一件艺术品,像他幻想之中的史诗。在我生活的村子人们甚至从未听说过什么是城市。我小时候人们是在黑褐色的泥土里生活的,我也是这样长大的,没有听说过有房子或车子这样的概念,没有床,没有灯光和电力,没有衣服更没有科学和哲思。深夜到来,所有人都被一个选定的人埋入大地内部,黑暗是沉睡和没有思索的地方,黑暗中没有上帝,没有神圣,没有最初的罪恶,人们在大地内部仿佛回到原始的记忆,恐惧在多年之后才会到来。每个夜晚选定的人准时到来,带着火焰,围着村子,走啊走,他并不知道村子有多大,村子只是像世界那么大。他将那些在夜里游荡的孩子召唤回来,将他们催眠,然后安静地放入大地的洞穴里,那时黑夜很漫长,梦极多,却没有人可以记得。清晨,一切仿佛再次醒来,面对太阳,开始生活。那个带着火焰的人便熄了火焰,消失了。但你当然不相信会有这么古怪的村庄。

我来到我的城市时,首先遇到了城市的诗人,他们在一个地下的洞穴中聚会,那是一座为公园提供电力的地下室,地下室很长,最深处有一盏灯,但那是不允许打开的,因为聚会要在黑暗中进行。只有少数人知道地下室的秘密,许久以前,这里的墙壁上画满尼安德特人的岩画,如今则换成了波普艺术。一些人听闻关于它的传闻，就会询问洞穴的灯在什么地方。但他们首先要找到地下室。我是在黑夜中找到它的，我知道黑夜没有国界，所有的空间都在更高的维度中相连。有人曾打开那盏灯，于是另一扇门打开了，这里曾是一支地下乐队的排练室，他们为此交付了一年的租金，但时空理论告诉我们时间并非平稳不变，时间可以被拉长和缩短。地下乐队在地下室的时间中造出一座新的城市，这座城市无法用眼睛观看，所以，他们没有把眼睛挖下来挂在地下室的暗门上。那么，它是否还能称得上是一座城市呢？它没有汽车和火车，没有超市和酒店，什么都没有，也没有乡村生活。这里没有一个人知道乡村的生活，这让我开始怀念自己的村庄，怀念它虚假的一切，但最主要的是怀念人们根本就不知道为何那样生活，他们从不去问。

荷马到达城市后，仍然会注视城市的生长，他不再流浪，他到达了命定的地方。在那里他将写下这座城市的历史，但是随着历史的变迁，最初的大独裁者们都消失了，因此城市也在变化，沧海桑田。在荷马的诗歌中，他依旧会用到"看"这个词，虽然那时候他已经盲目。这是因为城市已经在他心中，每个城市有一个永远属于它的诗人。

如果荷马死之前受到了未来的基督的救赎，在步入天国的瞬间，他低头看到容颜易改的希腊城，他会对上帝说，这座城市远远不如自己想象中那样美丽、优雅、高贵和宏伟。那时他看到了城市的战火和角落里留下的血迹，他感到恐惧；但如果没有进入天国，他甚至无法听到女人和孩子们痛苦的喊叫。

荷马的史诗被放在城市里最显著的地方，在诗人死后，人们开始认识他、供奉他，直到独裁者手下那些掌管文化的大臣们发现城市能够一直存在下去的力量并非来自坚固的城墙、深不见底的护城河和勇猛如虎狼的军队，而是荷马不断地用唯美的诗篇去赞美城市之上的众神，甚至也许不是来自众神而仅仅是来自诗歌本身的力量。于是人们把荷马的眼睛放在希腊城最高处的神庙里，所有的神都拥挤在那个地方，天使们站在神庙外春季的草尖上，赞美诗飘扬在瑞彩祥云里。城市就在这样的美好中保持它的一点点本性。

而荷马死后，人们发现了他的一篇作品，在那从未出版、只在秘密宗教中传阅的诗篇里，他想象了未来城市的样子，当然，也有对那些未来诗人的描述。那神秘宗教的教义中，人们只信仰歌唱者的力量，同时教义也警醒人们永远不要停留。但谁会正确理解荷马的这句话呢？在他一生守护的雅典城中，在他的诗的恒久家园里，他设想过一群流浪的未来诗人，一座不存在的城市是他们开始流浪的最初动力，这多么荒诞。但在未来的日子里，这个密教的故事一点点闪现出来，那时候，一些人想到了城市的名字，必须给那座城市命名，即便它或许真的不存在。只是任何掌管着城市的人都不会说出那新城的名字，没有人想说出一座比自己能够触摸和观察的城市更伟大的城市的名字。

二
城市的名字

索拉利斯城初建时，一个中国诗人偶然得知了这座城市名字的秘密。

虽然每个城市的建立都是极其隐秘的，但由于依旧存在一些混入了已知世界的建设者，城市的建造逐渐显露出它的蛛丝马迹。一个落魄的诗人一旦得知城市的秘密就会不断探索，顺藤摸瓜，有时他们甚至能够发现一座新城市的一切。当然，并不是那样的诗人就是好诗人，也并不是那样的城市就是好城市。

想到索拉利斯城这个名字时，中国诗人陷入了疯狂，他开始了上文的寻找。他是在某一瞬间回忆到自己以前读过的某一本书的二百五十页第二行上写到的这个名字——索拉利斯，就像一个远古的神的名字，但直觉让他确信，那就是他命定的要寻找的城

市。如何拥有这种直觉的呢？对于一个诗人，他一定曾经认为应该将生命中的每一刻都献给缪斯女神，于是他不断地缩减自己的物质追求，他们像曾经的一切伟大灵魂一样经历饥饿、严寒、伤痛、疾病和苦难，那时候，他们的灵魂回到一切灵魂到来的地方，那里海天相接、渊面昏暗、一为万物、万物为一，那座城市便在混沌之中拔地而起。

灵感即是幻觉，他们都知道自己得到的远远不够，他们得到的足够多时就是他们走上真理祭坛之时。

中国诗人开始从那本古旧的书中寻找，他将自己本来就混乱的小屋弄了个底朝天，他唯一的朋友——也是一个盲诗人——来拜访他。屋里某种昆虫内脏一样的气味被彻底释放出来，仿佛他的诗歌在时间中被发酵。他的朋友拿出自己直到盲目才完成的诗篇，诗篇接受着空气的腐蚀，他根本不知道中国诗人一直漠视了他的作品。直至中国诗人停下来，一本滴着红色污浊液体、墨渍斑斑的小册子被翻出来，掉在地上，他想到就是这本书中第一次出现了他头脑中的索拉利斯的名字。

找到了！他大喊，完全没有注意到盲人朋友。

什么，你理解了我的诗篇？真好。盲人朋友凭着直觉和听觉摸到他的袖子。

没有，那无法理解，但我找到了我的城市。中国诗人说。

我们都是鱼类，我们都是没有感觉的橘子心灵，我们都是荷马的马、米尔顿的盾、博尔赫斯的丝，我们狂奔、战争和死去。盲人朋友说。

"滚你妈的死瞎子，闭嘴。"中国诗人觉得骂得很开心，但突然又想到自己的盲人朋友一定不会理解自己的快乐，因为他什么都看不见。于是他安慰朋友：别生气，你会明白吗？那不是你文字里的城市，而是一个实实在在的还没有诗人到达过的城市，你知道吗，现在这个世界上不知有多少诗人在寻找它，而我找到了！想想，不出五十年或一百年，当然，那时候我们死了——但死了也好——会有人为我们在那座城市里竖起雕像，是青铜的、镀金的，或者是大理石汉白玉的，城市的第一位诗人，那是我。跟我一起去吧，会有一座英俊的雕像和一座盲目的雕像为我们立在城市中心的广场上。

但是我怎么知道那座城市比我们曾经一起赞扬过的更加美好？我可是为了我们曾经的城市而瞎了眼睛。盲诗人说。

那是一座西方的城市，一座海上的城市，一座日出之地的城市，我敢肯定，兄弟，放弃你那些诗篇吧，那不会换取世界上你应得的部分，人们也不会怀念。而新的城市正在某个未知的地方崛起，新的，城市。

去你的西方吧，我要在这里喝一杯浓烈的带着北方气息的黄褐色的酒，我要在贫瘠的牛背上吹起牧笛，我要在光芒刚刚铺就的田地里剥开一根甜玉米……

在你对那些诗篇失去兴趣前，我一定会找到这座城市，我会证明给你，如果找不到我也再不会回到这座城市，我宁愿死在路上！

两个诗人离开了小屋，各奔东西，香气浓郁的宣纸被捏成一团，纸上写满废话。

像所有诗人一样，他们曾相信自己原本是没有感觉的，就像鱼，被吃掉的鱼，即使吃掉它们，它们也不会痛苦。但现在他有感觉了，这感觉就是生命，生命的意义就是寻找索拉利斯城。曾经的感知的丧失造就了他曾经的诗篇，盲目通过早已形成的诗篇中的城市律法传承而来，诗人必定会盲目，因为某一刻，他们只能倚靠在一座虚幻的城市的一角，安静地化作自己心中的雕塑，他们根本不需要再去看。这个矛盾说明感官只是一个过程，而通过感官到达盲目才是归宿。于是中国诗人开始怀疑自己的朋友并没有真的眼盲，因为他并未经历许多。他突然开始厌恶他了，这种厌恶促成了他立即开始的行动。

三
第三只眼睛

在一本著名的伪科学杂志上，有人描述了人类祖先智人头顶上的第三只眼睛，那是一只能够感光但不能辨别其他视觉特征的眼睛，因此智人不去观看星辰，星辰对于智人只是一团口中呼出的雾气。但尼安德特人则不同，他们没有第三只眼睛，因而在昂首看到星辰的光芒后产生了对世界的宏伟和庄严难以承受的原始恐惧，如此，它们灭绝了。现在令科学家们不解的是，许多人类无解的现象都与第三只眼睛相关，解剖学完全有可能确定第三只眼的存在，但他们不能去做，并不是因为那需要杀人，而是因为那涉及真相。

而关于索拉利斯城的传说，就出现在这样一本期刊上，上面讲述了大量关于飞城索拉利斯的目击案例。

在那些描述中，索拉利斯城显现的形象各不相同。一些人相信他们见到过传说中正在建设的某座城市，那座城市就在他们身边，甚至就在他们的城市之中。城市的胚胎被种植在夜鸟归来的公园，那里也曾种植龙牙。胚胎中是城市的建设者，仿佛隐形一般，他们出入于目击者的生活之中，有时甚至会跟他们寒暄几句，说说彼此的生活。但那些目击者都深知建设者们不会对他们说出任何实情，也许在他们脚下几十米的地下，一座巨大的远古之城正在生长，可怕的科技、艺术和思想在他们生生死死的土壤覆盖下传递，时间被分裂，一个是人类之城，另一个是人类无法知晓之城。一些小报善于发现这类事件，但当他们询问起时，大多数目击者的回答只是一句反问：我们现在在什么地方？而后一些参考中会出现假借军方之名的秘密照片，在罗布泊或者更靠近西方大陆的地方，一个神秘的城市影像逐渐扩大。这或许是诸多关于索拉利斯城的说法中最唯美的一个：在遥远的丝绸之路上，一些城市的残片被保存下来，一些国家运用现代科技去复原这城市，就像是救助垂死的病人，他们知道城市的灵魂是永远存在的，就像吟游诗人的诗一样，它们或者不在书本或石碑上存在，却会在我们并不知晓的世界最黑暗的记忆中存在。当然，对于那逐渐扩大的城市影像，还有另一些说法，比如那是城市在沉睡，当然它们也会自己醒来、生长，迎接第二次生命，重复无限的循环。甚至一些报纸上有过对一些集体记忆含糊不清的记录，被采访者来自数座不同城市的精神病院，他们以前多是农民或小生意人，生存压力巨大，比如远去他乡的农民工、因绝望而嗜酒的失败者或者卖淫、拉皮条的女人。他们的话没有信服力，

即使城市真的被秘密地复原，又为何选这些微不足道的家伙作为目击者和宣告者，难道城市的存在就是为了提醒人们这些卑微的家伙还不够多吗？在那些已经因无休止的修订改编而语无伦次却尽力表达着疯狂的口述之中，一些人终于提到城市的建设者和居民，这倒值得注意。比如他们经常集体行动，在街边的烧烤摊吃东西或喝酒。他们不会吃很多，有时他们会和人们说说人世间的哲理，只有这个时候，人们才能知道他们来自哪座城市。有时他们喝得微醉，会警示人们一切人类的城市都不是永恒的，只有今天的人们看不到的城市才是流着奶和蜜的地方，那里的砖由金子铸造，地上全部开满莲花，人们头戴玫瑰和橄榄枝。但现在他们为何没有戴玫瑰和橄榄枝呢？他们会说，因为他们只是建设者而已，城市真正的伟大时代还没有到来，他们还不是那里的居民。那么那座城市就只在他们心中了，也许当人类所有城市倾塌之时，它才出现。那些人于是不再说话，仿佛梦醒时分恋恋不舍的追忆。

谁知道那是不是真的呢？诗人凭自己的理解力把报纸和书刊中提到的城市分为三种，这些与我们世界中的城市对立的城市分别来自遥远的过去、被漠视的现在和永恒的未来。历史之城仍未毁灭，它们在地下依附着心灵的种子，等待复活，就像庞贝和楼兰；未来之城必定存在，只是人类还没有进入的自由和权力，有些人可能提前到达，比如在一些目击者看来，身边的人有时仿佛曾经相遇过，比如阿尔蒂尔·兰波；现代之城在我们身边，但却和我们有物理和哲学性的分野，只有极度分裂的人才能看到那些城市的实体，城市的每一步、每一秒都和我们息息相关，但我们认识的世界并不是世界的全部。也许就像柏拉图说的洞穴中的影子之城一样,我们看到的只是更高维的世界的影子。那么城市的存在便没有原因了,现在的城市经过了无数次的"变成"而成为未来的城市,我们经历着未来城市的影子,却可知那并不完美,因为它们依旧会杀死那些城市的诗人。因此现在的城早已开始毁灭,甚至已经被人们看作一种耻辱,人们离去,城市成为死城,陷入沉睡。

这样的循环使我们一直生活在假象中。也许我们从未发现过什么城市。

而从这个意义上讲,我们曾经认为伟大的一些城市其实早已毁灭,比如巴黎这座城,我们看到的不过是它的幻象,如今人们却与这种幻觉生活,相安无事。在埃菲尔铁塔和圣母院拥挤的人群中,每一秒都有从幻觉中醒来的人,他们瞬间出现在远方荒原上。但人们发现的不是巴黎城不在了,而是那些人不在了。城市的诗人兰波十九岁时便宣布与一切决裂,接着他出逃,被城市的警察抓住,因为没有两元钱的车票而遭受拘留,回到家之后是母亲一记响亮的耳光,正是那时候,城市的存在没有了意义,没有一个高贵的、具有革命思想的人愿意再去记录这个城市。但值得欣慰的是我们看到兰波并不只与巴黎决裂,而是与诗歌、文学和整个世界决裂,他以另一个自我出现在诗人死去的世界里。那么我们当然可以推论整个世界都是失去意义的,也正因如此,现在我们才仍然可以看到巴黎城,一个没有意义的城市漂浮在一个虚无缥缈的世界幻觉之中。但是兰波还没有和自己的生命决裂,他牵着一只骆驼去寻找另一座城市了,他穿过荒原上的食人部落,那里的人们是真实的,他们把战败者的睾丸割下来,串成项链戴在脖子上。兰波走啊走,瘸了腿,盲了眼,也许他最终到达了,但那城市的名字我们至今仍无法知晓。漂泊之中的兰波难道不是必定发现过什么吗?比如一个伟大的知晓一切的东方生命,一种自然、自由的存在;一只骆驼,在夕阳下对他诉说目睹过的沙漠之中的历史、生命和意义。

黑夜的骆驼背着我
走向远远的罂粟田
沙漠太冷群山太暗
这条路还有希望吗

四
哪吒不反抗

当一个城市，当一个人，当一个骆驼。有人看到它们，但是它们依旧无法让所有人相信。我在一座城市流浪，又让这种流浪远离自己。我试着漠视，如兰波一样成为所有人，甚至所有有想无想之物。现在，我设想自己是城市里最先到来的、也是唯一保存至今的一块方砖，我被放在遥远的古都的一座寺庙前。但这当然不可能，因为没有一辆建造城市的皇家马车是拉着一块方砖的，那么，其实我是在途中被丢弃的一块，因为命运的机缘与巧合来到这座寺庙，于是我没有真正进入城市。但我依旧是城市的方砖，作为本应属于城市的一部分，我比那些城市的过客——"人"——更加了解城市。我看到许多时间之后，一些来到陌生城市的流浪者抬起头看着我，我被一位衣着华丽、雍容富贵的女人抚摸着。而现在，这里有无数的僧人，这座城市也是因信仰而出现。这样的城市并不少见，城市和人本身是一样的。中国古代有一个故事，那是什么朝代呢？讲故事的是我的爷爷，而故事在我父亲一代便消失了，我猜他们没有听到这个故事就生下了我,否则他们会像我一样以为自己有建造城市的能力。

故事讲的是一个新建立的王朝,通过起义和杀人而获得了政权的农民们进入了旧王朝的宫殿,看到高高在上的城楼上那些闪耀着永恒神秘的灯火,那些在无数方砖之中走来走去的衣着华丽的女人,欣赏着宛若宝石点缀的护城河。这一切随着城市而来,也要随着城市而去。七天七夜的大火和烧杀抢掠的报复完成之后,这些人准备在一片又回归荒凉的废土上重新建城,这座城市出现之前就有了自己的名字——上京。对于这个朝代的人来说,名字是一种神秘的预兆,"存在感"和"死亡感"同在一个名字之中。

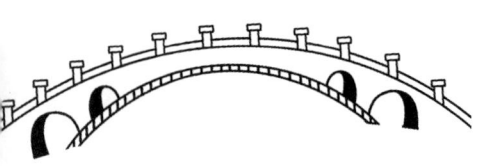

建城的农民们要进行一次美妙而精密的设计,上京要比一切固有的国都都更加宏伟和坚定、永恒和深邃,因为起义者从未读过书,他们希望自己显得有知识,只有城市才能体现知识。城市不准种植庄稼,不准为牛马的交配提供场所,不准晾晒麦子,当然也不准那些刚刚参加过起义的农民们生活。城市的方砖是青绿色的,在很远的原野上烧就,用金箔包裹的马车运到被选定的地方,这其实就是以前的战场,尸骨在地下还未睡熟,废土的世界腐臭不堪。八十一个从全国召集的法师参加了占卜和祷告,最终人们发现了一个漏洞,城市里还没有一条河。但无论如何,工程还是要继续，因为起义头目需要尽快登基。他命令手下经历大战最多的人去设计城市，后者成了这些知道城市名字的人中最不快乐的一个，因为在他看来城市和人是一样的，以前的城市都能从人的身体上找到对应部位，比如那些宽阔的布满驿站的道路就是胳膊和腿，那些皇宫的亭台楼阁就是心脏（那时他们以为是心脏在思考，那个时代没有解剖学，人们不知道大脑的构造，但人怎么能解剖开一座城市呢），也许他想到人是一直运动着的，而城市则是静止的，因为他也是农民出身，或许他从未去过一个拥有生命的城市。于是，他便发现了城市的虚假性，他无法走出思辨的困局，他相信城市和一切的真理都是必然的，人的死是必然，城市也是。

他痛苦万分。那个时代，人们很崇尚为了所谓的真理而牺牲。他想自杀，但皇命不可违，他活了下来，却深知自己无法造出比以前的城市更加永恒的城市，甚至无法造出一座同样永恒的城市，因为没有谁的生命长度是确定的。他甚至想到无数更新的起义者们正在城外等待着城市的竣工，然后也会一口气把它烧掉，如此轮回。

他三天三夜没有吃下饭，每天会准时为必

死的城市痛苦三次，每次痛苦时还需要向供奉的祖先们叩拜三遍。久而久之，他成为那些革命者中最早失去性功能的人。他开始设想永恒可能只是源自信仰，那么就应该去创造一座神的城市而不是人的城市。

终于，几天之后，在他已经卧床不起、昏昏沉睡时，一些神的形象出现了。但那些神像和人类并没有什么区别，甚至最后连他在噩梦中见到的起义者头目都成了阎罗王。他想到，如果这样死掉反而更好，不必背负什么责任，甚至还会被追封为贤良的大臣，但就在他遭受痛苦的最后一天，他梦到了一位特殊的神，他光着屁股，全身通红，就像个淘气的野孩子，在他前面跑着喊着：

想建造上京城就照着我造吧！那孩子非男非女，长着三头六臂，拥有四种神奇武力，一个将自身交付给信仰的不死身躯。他恍然大悟，这就是哪吒！

他醒来回忆起这个梦境，感到城市已经建成了。是的，那个城市直到现在都存在着，被无数次地毁灭和欺凌，无数次占有和丧失，但一直存在。那个城市比一切城市都大都完备，仿佛一个具有三头六臂的神，它还在无限扩大，仿佛是信仰的实体。

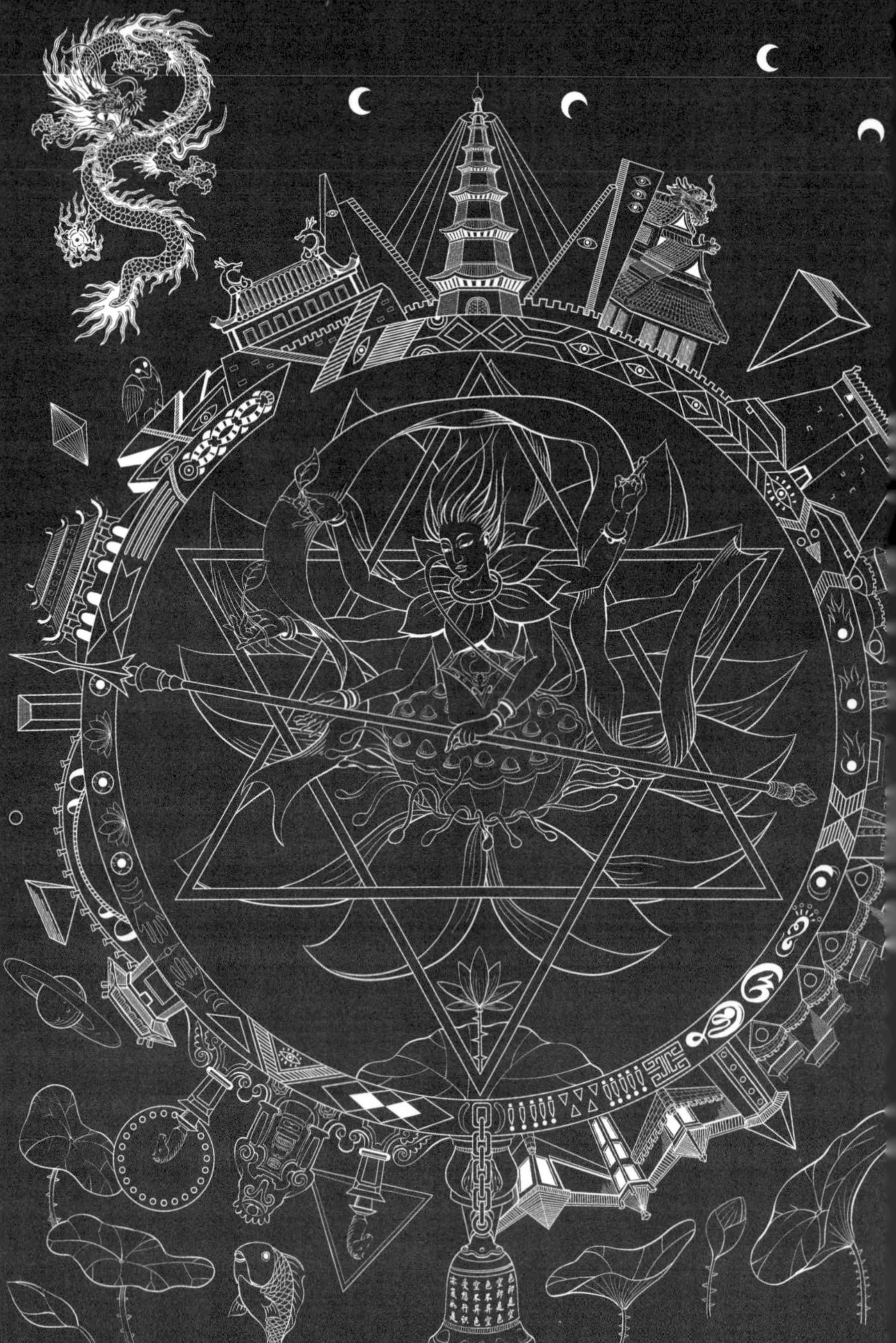

五
石头在说话

但曾经这北方的城市无论如何还是有些信仰的，但它的信仰变换多端，反复无常。千年后城市的一代领主曾经遇到过一个肥胖的和尚，那时被隐藏多年的和尚的名字重新出现，他叫作弥勒佛，这个名字几经修改，因此在最古老的典籍中是找不到的，多数信仰他的人在宣纸、竹简甚至石碑和巨像上记录他的名字时只会写"古佛"，这是因为旧王朝曾无比惧怕但又依赖于外来宗教。领主遇到弥勒佛后相信宿命的无上甚深微妙法，进而城市也开始与此相关联，千年后这里出现了火车、飞机、地下铁和公共汽车，每个建筑的建设无不包含宿命的悲哀，建设火车站必须要在附近安放一口大钟进行压制，因为领主们认为车站象征着城市的分裂；但大钟建好后又必定会去建设更多具有神秘意义的建筑，因为领主们会赋予它们新的意义。但我们知道，逻辑是一个不完备的系统，人们相信地下铁的伸延代表了信仰的力量和人们认识宿命与打破宿命的能力，建设时却要为人们私下依旧迷信的象征王权的古老建筑改道让路。佛教出现后没有一个领主是不相信风水的，而风水先生却大多出自道教，佛道与道教最终因为城市成为一家，他们经常深入探讨风水对于城市的影响，他们活动的地方便是上京，一座伟大的城，国家最终的城。

我想象自己是上京的一块方砖，这座城市喜欢青色瓦片和用大理石雕刻的柱子。我在一座寺庙前等待那些路过城市的人们，寺庙已经很久没有人来上香，信仰有时候比城市更易腐朽。一个农民政权建立后，城市很快就会被腐蚀、侵染、改变，但信仰更快。人们很快就不再相信上京的皇帝，后来他的子孙被人们吊死在我的寺庙中。人们视我而不顾，但我依旧在这远离城市的地方生长，我甚至知道有一天城市的元气会恢复，重新开始，扩展、吞没毫无意义的土地，那时候我会和所有的方砖连在一起。

而当我不能想象自己是一块方砖的时候，我生活在中国北方的一座新城，我在那里出生，后来因为一次政治运动，城市搬迁了。我梦到一次轰轰烈烈的革命席卷了所有城市，它们被涂成热烈的颜色，写上激情澎湃的语言，人们在街道上表达着他们的信仰，高呼那些改变历史的名字。那时所有的城市都被连在一起，城的色彩和声音激动人心，城市的人们具有通灵般的感知力，没有一个人不相信城市，那时城市是一个大生命，就像从村庄的洞穴中爬出的蜘蛛。有时候它会发现一些小生命不适合它，它需要人类的一致、坚信、执着。我在想一颗珍珠是如何形成的，起初那只是微不足道的一粒沙子，进入不合时宜的地方，然后一切都起了变化，那种变化意想不到，我们于城市正如沙子于贝壳，革命只不过是城市的报复,有时候革命看上去是美的,就像珍珠一样,但珍珠的意义却只是奢侈的少数人赋予的。

我的那座城市中有一块巨石,曾经人们说那巨石长着无限大的根基,那是一座深藏的山,但显现在大地上的只是一块石头。那是大地本身的疾病,它不是城市的种子,它深不可测。那巨石起初在一户普通人家门前的泥土中掩埋,人们坐在上面等待城市建成,把家园包围起来。石头上长着墨绿色苔藓,时间又将那些苔藓化作石头,苔藓是不死的。

人们怀念没有城市的日子吗?也许石头会解答,石头比人们都古老,他们几乎听到过所有人说话。它说话的部分埋藏在大地内部,土地因为石头的交流才不断萌发出新的城市。那场革命运动之前,人们相信石头之下的山峰甚至比世界上所有已知的圣山都伟大,那是一座支撑起大地的山峰,这些传说源于人们对城市的信赖,人们希望城市是永恒的。于是许多来自异乡的被蔑视的人偷偷去挖掘那块石头,许多夜晚,铁和金属敲打石头上的苔藓时,苔藓反复变化着色彩,但没有死亡的悲伤。非法的挖掘者们正是在一次次撞击和切割中发现自己注视的大地上城市的可怕,他们时而激起火焰,火焰熄灭时又看到星空、月球、黑暗中的不死鸟、尘埃下的宽广河流。一代代的人挖掘了很深很深,依旧不见石头的根基,但渐渐地,人们对山峰的信念不再那么坚定。这一事件唯一的影响是一代代愚昧的人一代代繁殖着他们的愚昧,

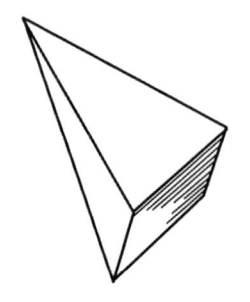

越来越多,减少的是大地上带着苔藓色泽的房子的阴影。城市中来了不少打扫者,那些低矮房屋的影子不见了。我曾经相信那些维持着城市存在的可怜诗人正是隐秘地生活在这样的房子中,我甚至怀疑他们为了保护人类的城市之美而将灵魂散落在苔藓上,那些散落的灵魂只为证明,在每个清晨,城市仍然能够诞生出最洁净的雾滴。而随着城市中那些说话的石头被质疑,诗人开始逃走,他们第一次透过低矮房子上油迹斑斑的碎玻璃窗子,看到其实自己的城市并不那么美好,诗人们感叹着不忍再看,默默离开。

大地上无数新城正在诞生,只有懂得石头的语言才能发现。

人类进入民主社会后,许多坚信者开始破除迷信。城市的巨石经历了无数次挖掘,青苔在变化中生生死死,比人的一生快太多。而后,城砖不再是朴素的苍青色泥土构成的方形砖了,也没有人的手指抚摸带着松脂气息的门廊了,穿着百褶裙戴着头巾的女人不见了,也没有人在阳台上驻足张望等待马车送来用毛笔书写在丝绢上的书信了。那些永远贫苦的小手工艺者和居无定所却身怀绝技的艺人大概也跟随消瘦的诗人们离去了,古典主义者抱残守缺却相继死去,城市变得越来越多,一些灵魂却站立在极少的梧桐树顶,驻足之地越来越少,一切都是徒劳。未来之城的光影只能偶尔一闪而过,仿佛万花筒中短暂的一次令人陶醉的影像。

我离开了我的城市，既然所有的城市都是相通的，我便不能在这样一座城市里做徒劳的事。后来，我听说人们终于挖掘到了那巨石的底部，那其实并不深，那地方变成了一个地下室。那并不巨大的石头被一辆垃圾车运到了很远的郊外，就在那里，诗人流浪，一个关于石门的传言使他们看到了唯一的希望：一座新的城市有一百里长，一百里宽，在一个未知的地方，也有人说那是一个圆形之城或立体的地下城，一百里高，而我幻想那只是无数简陋无光的小屋组成的城市——诗人之城，因为除了诗人谁会去那里呢？

城外荒原上孤零零的石头，人们现在知道它与其他石头没有什么不同，所有的城市都会有这样一块石头，城市的交流依旧靠石头传递，因此也许一个城市的毁灭会引起所有城市的毁灭，这只是个时间问题。

六
毁灭的城市

　　索拉利斯初建时，我离开自己的城市，我也不再把自己想象成一块方砖。我经过许多不同的城市，蛮夷地带有许多城市因战争而建设，有的大山可以将城市隐藏起来，每座山都会变成城市，就像白蚁的蚁穴。我们看那些城，也看到它们的毁灭，这些城市的元素是铁和火，那是最易朽的。人们不会为一座战争之城的毁灭悲伤，甚至会为之感到快乐。冷战时期，那些城市只是兵工厂，兵工厂伸延出铁路，因言获罪的人们被放逐于此，原来的人们则用山上的水果喂养他们，他们或许在策划着城市新的变化。

　　这些城市建立在人类的不幸之上，冷战结束，兵工厂消失了，城市的人们也离开了，这里没有了粮食和蔬菜。土地荒芜了，变成一片孤零零的死地，但偶尔还会有人到来，死城仍然有以前城市的影子，人们会烧烤山上的奇异水果，在巨大的纪念碑下喝酒。如果你问那些人从何而来，他们会说铁路已经不再通向那些地方了。建筑是虚假的，随时可能倒塌或消失，尤其是夜里，偶尔会传出几声人语，甚至有烟雾和火焰升起；偶尔一些孩子跑过，他们拾取被遗忘的子弹和炮弹弹壳，拿在手里，仿佛是护身符。弹壳已成为一块死铁。有人说哑弹曾爆炸过、杀过人，但那是不可能的，黑夜里的孩子们说：我们很好。

死城依旧存在，我急匆匆离开，我要回到我的小说中，我的向导则在那座城市中制造玻璃，昔日的幻影一直停留在由土地锻炼成的玻璃之中，在更多城市的窗子上映出真正悲哀的眼睛，也造出更多的死城。有时我们不得不面对一面墙的倒塌，因为新的理智的宣布；一座纪念碑被推倒，因为旧的王朝毁灭；一座亚历山大博物馆被洗劫，因为愚昧；一条街道上上演谎言和杀戮，因为贪婪；一座城的湮灭，因为人类的本性……就像是那些飞到远方的鸟儿找不到旧巢一样，人类在城市迷宫中从来不会有什么方向感。

人类这只瘦弱孤独的鸟。

七
思念艾玛莲

有人相信最完美的人体也是在最初的城市工厂中建造成的,那么也许城市比人类更早地来到这个星球。有些密教的集体记忆中存在连绵不绝反反复复的城市的灵魂,信徒们会在火焰的闪烁和药物的流动中感受它们的往昔。有时候,在世界的边缘地带,那些来自各个城市的失望者会聚集起来召唤曾经的远古城市,那是所有城市的祖先。我想象在那些我们从不知晓也不可能知晓的城市中,那些远古的大地铺就着黄金长砖,后来变成了白银,再后来变成了粗糙的铁和铁渣。人类便不再种植,只是和城市一起老掉死去。那样的城市中出现了人类的身体工厂,它们的原始居民——可能是灵魂或别的动物——给了城市一个诞生的原因:城市即是它本身的原因,有城市后才有它的思辨者,难道不是吗?

中国诗人发现索拉利斯城的蛛丝马迹后就独自上路了,他想象着它的样子,虽然任何被设想的未知都是毫无价值的。也许他正走在索拉利斯城,但无法辨认,他感觉自己想象中的三种城市都是无法辨认的。人的感官是简单的，人的快乐是有限的，当人沉醉于路时就很难充分理解和洞悉，因为理解和洞悉是另一种快乐。

中国诗人只带着一个本子和一支笔，从自己的小屋一直向西行走，城市越来越远，寻找索拉利斯的希望越来越渺茫，他感到城市的危险。是因为他只沉湎于诗歌而从不生活吗？他其至开始怀念自己曾经的城市，也许他无法在别的城市抒情？他仿佛第一次真正去观察自己的城市，却只能通过想象和回忆。但这引发了他无数的梦境，当他醒来，他怀疑索拉利斯也是这样一个梦境而已，其实根本就没有人对他说起过索拉利斯。但却不止一个人描绘过中国诗人的城市，比如那个盲人朋友。

每个城市都有许多诗人，他们寻找城市中属于自己的部分。

城不会因此而分裂，没有一个用石头或铁建造图腾的城市会因诗人们的描绘而发生灾难，已然成型的巨大城市也不会被语言分割成诸多小城市。城市的生命是小的城邦结合成大城，大城分裂成小城邦，循环往复，生生不息。对于城市，诗人的语言总是匮乏的，对于诗人，城市是永远走不尽的。

曾经，中国诗人最热爱的城市的部分并不属于他，他爱城市的中心广场，那里有不属于他的雕塑和不属于他的时间。中心广场在每个时间中变迁，中国诗人产生对时间的怀疑。当旧城区的中心花园被新的城主毁灭，诗人感到无比痛苦。他深感城市缺失了一种

"死亡感",它们变迁得太快,就像不断翻新的忒修斯之船,诗人只能在一年四季都盛开的鲜花身上才能忘记对城市的绝望。他歌颂一种叫"艾玛莲"的花儿,那被认为是不死之花,自我繁殖,生命漫长。中国诗人离开那昏暗的、只有一盏微弱灯火的小屋后,走在城市里用红色长砖铺就的中心大道上,看着每个刚刚收起各色帘子的临街窗台上,艾玛莲独自盛开,仿佛一千多个太阳在闪闪发光。人们甚至无法消除这种鲜花的影响,那种让人沉迷的香气成为许多诗人的灵感来源,诗人们私下也以艾玛莲相赠。

这座小城,有人整个春季只是在收集艾玛莲,他们制造出一种称作软时间的香水。软时间因时间的变化而改变气味,冬季是火热浓郁的让人无法清醒的酒香,正如凋零的艾玛莲在泥土中发酵;秋天是淡然的,如梦如幻,会因你看到的城市上空的浮云变幻而在嗅觉中勾勒出不同形状和色彩的弱香。

没有暴力,让人无限回忆。秋天最壮丽的城市之花是菊,但香气却依旧来自艾玛莲;而在整个春季,软时间的清香陷入流浪状态,仿佛飘逝的灵魂,只有找到另一个灵魂,即"人们的渴望"时,才散发出几乎不存在的香气,但在春寒料峭中这已足够丰富,它们飘荡在余雪和初雨中,覆盖一切。

有人说这种神奇的植物造就了城市的独特品质,贩卖软时间的人走遍大地上几乎所有的城市,每个清晨都有人离开,在第二中心大街街口聚集,他们穿好肮脏的羊皮袄,拿着一袋袋软时间和地图、罗盘准备离开。有人走了很远才到达一个没有软时间的城市，有的甚至永远不再回来。他们走得太远以至于忘记了自己的城市，唯一可以让他们回忆的就是软时间越来越安静的香气，只有在异乡他们重新找到这特殊清香时才会清醒，但在许多遥远的城市那成了奢侈品，贩卖清香的流浪者很难再体会那种清香了。艾玛莲成为传说，但有时别的城市的平凡气息也会使那些极度渴望的人们再次迷恋，他们在那些遥远的地方结婚生子。正因如此，再后来离开城市的人们都会准备一只青铜小壶，临行时亲人把小壶绣在最隐秘的衣角，如果他们忘记了自己的城市，便会在脱去最隐秘的衣物时，重新找到那清香，之后便再也没有人阻挡他们的归途。气味是城市的重要元素之一。有的诗人不再写诗而是去探索城市理论，渐渐地他们对城市的气息不再理解，越是试图通过逻辑理解城市，越会觉得城市不可思议。当诗人不在城市中观察时，诗人的朋友就会送他更多的软时间。

你是否相信那些将许多城市分割为南北两部分的主干道其实只是幻觉？我们从小就在那样的街道上游戏，有时会发生战争——儿童的战争，那是孩子们的理想战场，街道上一切都一览无余。这里的城市很少把自己弄成迷宫形状，所以人们能够看到更多的东西：那些永远不会变化口味的街边小吃，那些几乎全是蓝色的窗棂和蓝色的天宇中漂浮着的蓝色帘子，那些在木头打造的板凳上下棋的人，甚至那些推着独轮车却能用简单工具制造出唯美的劳动者之歌的小商贩们。诗人小时候以为这就是整个世界，而整个世界就是幻觉的合集，因为这无法证伪。

八
无限的连接

中国诗人摸了摸口袋,那里没有软时间。他感到疲倦,又感到恐惧,但疲惫正是源于恐惧。也许索拉利斯根本就不存在,它的第四种可能——那是一座记忆之城,回忆的片段构成了城市。他梦想着,在一片城市之外的荒原上。

他梦到自己在一个空旷的地方把那些残片组合为一幅巨大的图画,他小时候看到的青砖铺成了道路,墙壁上刻着女人的名字,儿童嘲笑躲进城市废墟下谈情说爱的人们,春季的种植。在他孤独的时候曾救过一只猫,还有棉花糖和骑骆驼的过客,还有母亲。那是一幅宏大的图画,但他却无法进入,当他醒来,他流下泪水。

你或者以为他这么做什么都解决不了,他只是流浪和回忆以至于以他为主人公的小说也变得毫无意义。但是我们为何需要一个意义呢?意义是虚无和伤感的,正是在他独自存在于一个陌生城市的时候,他不再写诗,也不再回忆童年,他发现只有"现在"

才能界定童年这个词，只有现在才界定了城市的意义。而当他本身处于童年的时候，他并不那么快乐，城市也是如此，但时间比空间更为可怕和复杂。

城市在变化，诗人亦然，诗人认为城市首先抛弃了他，但他的诗篇却成为城市记忆的一部分，甚至在城市建立之前就已经有了城的诗，那是祖先的诗，每个诗人都渴望走入城市的永恒记忆之中，但有时候城市也许并不需要，城市比你想象的更加功利主义。我在想一种可能，即建造城市的不是我们，而是时间本身，我们的记忆对城市的确定性，只因城市是一个记忆的载体，或者更为复杂的记忆集合。

中国诗人逃走后，他的城市的大街上依旧有那些乞丐和那些猫，猫是诗人最喜欢的动物，每个诗人都亲近猫，诗人们在小屋里通过猫接受外部的信息，猫有九条命，它们传递信息的速率惊人。曾经一只猫启发过我。我在那些城市的时候时常看到这样的猫，它们几乎是相同的，事实上也的确相同，它们已将所有的城市都变成了同一个城市。人们以为自己走在不同的城市街道上，但当你在上京宽大笔直的长街上行走时，你的另一个影子却在巴黎参加一场民主示威，人拥有九条命。

这正是诗人们绝望的原因，但是很显然的是，他们之所以还要寻找新的城市正是因为大多数的诗人并未意识到他们已经变成了一个诗人，而真正的诗人已经死去，在一座城市第一次抛弃了诗人的时候，诗人就死去了。

我们现在知道，那第一次的流浪直接导致了城市的一次变形或说城市意义的一次变化，所有的城市都有一个诗人么？不，曾经的时代到此结束。现在，许多城市的结构更加现代化而不是沉醉于遥远的抒情之中，它们甚至都不再需要一个特殊的名字，名字以数字代替。那些依旧稳定存在着的城市建筑是坚固的，土壤变成透明的玻璃镶嵌在失去了审美的城市大道上，因为城市成为赤裸的，因此也变得无限大。新的城市似乎不需要诗人而只需要一些理论家去证明这种必要性，这些理论家却几乎是业余的，他们的祖先是盲目的鱼，他们并不沉醉于城市，而是奔波于许多城市之间，这才更像祖先。

——没有时间引发的死亡感，那些阳光透过城市的皮肤被无限次反射、折射，直到新的阳光出现，没有夜晚。时间持续不断，人类感到无限的可能性在城市之中。他们嘲笑以前的城市并决定忘记以前城市的一切，大量沉睡着的古老建筑被毁灭，那些继续生活在小屋之中的诗人的后裔们只能以回忆那些无人聆听的故事为生，或者，成为一个理论家。我接触过一个无比悲伤的诗人，他说新的城市没有给他带来任何灵感，那几乎是一种杀戮，一定是有什么东西错了。不，我觉得没有什么错误，错的是诗人，因为以前他们也从未生活在城市之中，只是现代的城市变得更加强权而已。他听后无比愤怒，透过这种愤怒我试图理解他的无辜，但接着他开始讲述，其实不必讲述，我本身也时常回到那些记忆之中。

九
流浪的兰波

那的确是一个梦境,但醒来后总是只留下其中美好的片段。

那或许是上个世纪或者更早的时候,一个仅有十六岁的诗人离开自己的城市,在城市的街道上,他将最后一枚银币投入乞丐的碗里,因为他喜欢那声音,他也喜欢乞丐说出语言时生锈的声音,他还喜欢他们眼神中的色彩,他甚至喜欢那些围绕他们头顶的苍蝇的黑背心。他渴望寻找城市每个细节中能够通灵的部分,但他周围那些平庸的、已经从属于自己的小屋中走出来的诗人却不相信他,那些庸俗的诗人已经无法描述自己的城市,城市被铁的建筑包围着,城市的中心正在竖起一座铁塔,仿佛一个巨大的生殖器。他离开了。

唯有诗人才能理解诗人,只有被城市抛弃的人才能理解兰波的流浪是真实的,而任何关于此事的描述都被看成不同诗人的幻觉。兰波的确在沙漠中失去了一条腿,但他坚信的东西——一个东方的大智慧——使他进入了索拉利斯城,那其实是一座死亡的城。

他离开那个生殖器崇拜的城市后穿过铁路,上了一列火车。他沿着铁轨一直行走只是为了逃避检票员令人厌倦的盘查,他在一个适宜的时机翻过铁轨的护栏,护栏下是一座桥,流水在静谧的夜晚发出声响。他以为水中有人们的呐喊和回声,回声永远不会消失,否则世界如何完成他的通灵理论呢?但来到这里却无需任何想象力,他看到桥下鞑靼族的骑骆驼人,鞑靼人不是骑在骆驼上而是和骆驼一起,在桥下沉默。骆驼跪着,鞑靼人躺着,一块正方形绣着祥云和白鸟的紫色毯子铺在潮湿的地面上,一只用翠竹枝条编制的凉枕放在胳膊下,凉枕同时可当作小桌子使用,其上放着一本奇妙的文字写就的书。

兰波感到这场景时常出现在梦境中,也正是因此他迷恋自己幻想的东方生命,他会为这幻觉去忍饥挨饿、模仿遥远的东方人冥想、使用所有城市都违禁的药物。这时驼铃响起来,并不是骆驼和鞑靼人要离开,而是微风穿过桥洞,声音清脆,像在提示他保持清醒。如果那东方的鞑靼人是我自己呢?兰波想,他来自一座怎样的城市呢?那城市一定有许多汉白玉柱子构成的建筑,而城市中心的宫殿则是金黄色的，砖铺就在地上或砌成比巴黎的铁塔还高的城墙。一切为了神秘感，神秘感产生神圣感，而皇帝——城市的首领——应该像一个不朽的灵魂般盘踞在城市的中心，空间的正中心是一张八角形的藤木大床，兰波想到的是龙的形状，那是最可能的图腾。那些自遥远中国而来的吟游者说城市的每个角落都有龙的形象，宫殿的廊檐上和亭台的墙壁上，人们穿的袍子和使用的武器上，远游的船和放飞的纸鸢上，那些龙比人类更亲近，也许这便是那幻想中的东方生命，力量强大而与世无争。

兰波走近鞑靼人，那毯子的花纹变得更加清晰可辨，神秘的元素流淌着，白鸟背后是不成形的龙纹，甚至毯子的毛球也呈现出各种形态，如同分形几何。鞑靼人在这陌生城市的渺小领地上竟然建造了一个国家的飞地。兰波感到自己就像那些被航海者捕捉回来的非洲人和印第安人一样，在巴黎他曾见过那些戏耍人的表演。现在他如何同这个外族人说起自己的城市呢？鞑靼人在沉睡，骆驼同样在沉睡，整个城市都在沉睡，除了那些缠绵的生物和偷情的人，城市布满沉睡的味道，甚至那些已成定局的建筑和不断变奏的建筑艺术。

但无论我们如何解释也无法让兰波和一个语言不通的异乡人交谈，城市的结构不能改变这种隔膜，开放的城市其语言也许隐藏得更加深邃。兰波只能看着鞑靼人，事实上他已经沉睡不止一个夜晚了，自从他和骆驼穿过沙漠来到神秘的西方后就已经将灵魂最后的片断丢失，他们几乎忘记一切，甚至彼此都不再熟知。在城市外的荒野上，鞑靼人的敞篷马车里，带着弯刀和笛子、中国人面相的他们成为迷失最彻底的人，他们以为自己经过地球的球形大地回到故乡，等待自己的君主的召见。这是唯一一个被落下的鞑靼人，他在桥下一个月了，看着陌生的人们，产生了中国神话里"天上一天，地上一年"的想法。他感到自己的流浪减缓了衰老，因此他见到未曾见过的未来城市，君主也不知变换了多少代。

中国诗人时不时进入自己的梦境，这时的梦境既不是梦着也不是清醒，这梦境仿佛别人的梦境，一个新城为这样的梦境提供了最好的空间。兰波既想守着鞑靼人，等待他醒来，又想去看一看城市，以便了解这座城是否存在新的诗人，而那些诗人又是用怎样的方法去描画城市的色彩、气息、声响和灵魂的。

他看到河水中远处城市灯光的影子，诗人小屋是城市倒影里最易辨认出的，它们永远亮着灯光，只是那灯光从来不会比一只萤火虫更加辉煌。于是他朝着那微弱的灯光走去，这座城有两条笔直的大街，昏暗的路灯下人们在微弱的寒冷中等他到来，时而马车搭载着鬼魂匆匆闪过。在索拉利斯城的第一条大街上有夜晚仍在贩卖粮食和烟草的店铺，酒馆和舞会像是巴黎的旧城，丑陋的女人和体毛浓重浑身酒气的男人在那里寻欢作乐，而后街上则是点满红灯的地方，衣着肮脏而暴露的女人在那里等待着自己的主顾，兰波将在一个被应许的女人那里失去一只脚，但现在他还不知道。如果剔除了梦境的表象去分析潜意识，梦境也存在内在逻辑，但梦境会创造一个完全走不出的城市，这样的梦境会存在破绽，比如当你深知一个城市名字的意义时。

兰波是在一个隐藏在红灯区后的诗人小屋里知道城市的名字索拉利斯的。这名字如此奇妙，让他产生反感。那是一个衰老的诗人，他桌子上一沓稿子的第一张空白着，毛笔在桌上一块黑乎乎的斑点上躺着。老诗人的眼睛已经浑浊。兰波不断向他询问，他的问话从没什么礼貌。老人并不气愤但也很少回答，他认为兰波并不是真的相信他在寻找的东方生命。天空渐渐明亮时，炉火的香气变得淡然，夜晚交谈的猫准备沉睡，兰波这才看到老人的稿纸上其实写满了字。

城市本身并不比它的倒影更壮观，这座城很小，亦真亦幻的龙的雕塑和涂绘神奇地从视觉中诞生了。兰波感到一种谦卑的气氛和一种淡薄的恐惧。老诗人说：你想解决的问题在中国的城市是不必去解决的，人可以无限地失去，但不能无限地获得。比如那个鞑靼人，他虽然将自己的城市变成图画背负在路途上，但一个永远不会变化的城市必然会被忘却。新的城市从来不存在，所有的城市都已造成，都是同一城市的无限倒影，只有诗人的语言是变化的，诗人才能改变一座城市的困境。

那么现在呢？兰波问，所有的城市都在遭受灾难，人们甚至不知如何在那里生活，人与城市彼此践踏、彼此仇恨、彼此成为负担，这是为什么？诗人也许无法解释，因为诗人并不真正生活在城市之中，衰老的诗人说。他看了看窗外城市的光芒，仿佛许多时间后兰波看到的城市中不会消失也从不存在的光，那只是一些概念，只有那些没有实体的东西才能被称为生命。去感受它们，年迈的诗人说，最主要的是，一个诗人从这种感受中逐渐地淡化分别心。

兰波于是更加坚定地去流浪了。年迈的诗人说，去桥下牵着那头骆驼，那是不存在的鞑靼人才拥有的语言的骆驼，它们沉默淡然，是东方生命的一部分。但那是鞑靼人的骆驼，兰波感到困窘，他不想去偷。不，老诗人说，我甚至已经经历过这些故事，骆驼会跑回去告诉鞑靼国的王，他的臣民在异乡死了——鞑靼人一定会在这里死去——那时鞑靼人的大军将会进攻这座城，骆驼不想看到，你明白吗？在你的道义和一座城的生命之中选择更重要的。兰波难以置信，但他终于回到桥下，他已经忘记了鞑靼人，鞑靼人不在了，只有一头骆驼在那里沉睡，他也忘记了那是一头语言的骆驼。

十
诗人终死去

兰波因此相信诗人必须流浪,那时小城的诗人已经不在了,他们生活在别处,在曾经的祖国或未开化的大陆或装满被铁链穿着锁骨的黑人的贩奴船上,成为所有人才能看到所有城市背后的城市,那个唯一的,无法描述、只可意会的城。成为所有人,才能不只是相信而是接触到这个事实——所有的文明都是毫无理性的文明,所有的诗歌都是没有必要的诗歌,所有的语言都是被讲述过无数次的语言,所有的生活都是他人的生活。兰波在经历了从十六岁到十九岁的所有城市后宣布与诗歌甚至一切决裂,他领着一头骆驼去寻找真正的东方,那个玄学的东方。他行走在沙漠上,却依旧可以无限制地回到这座城——索拉利斯。

但兰波最终还是在沙漠里死了。他贩卖武器,参与战争和革命,与野蛮人做生意,同时再也没有可怜过乞丐和流亡者。他每天注视着神秘的太阳从不同的地方出现,仿佛太阳只是这大漠的一位居民,而晨星和暗星也会不断变换位置,兰波细致描述着城市的对立体——沙漠。这也许不是兰波的沙漠，而是骆驼的沙漠。这是沙漠的骆驼，在骆驼看来这和人的沙漠完全不同，骆驼不去描绘它，而是沉默和倾听。真正地聆听。但沙漠只是开始，沙漠是一种混沌，城市会在混沌之中组织。看吧，只有没有城市的地方才有所有的城市。

现在我们说说那头骆驼吧，它沉默着但无数次拯救了兰波的生命，虽然它知道这是毫无意义的，因为人类个体存在的重要性并不体现在生命上，而在一种记忆里。骆驼的救赎只是为了让兰波懂得这一点。在沙漠中，兰波饥渴交加，无数次经历回到通灵诗篇的冲动——他并不知道其实那是流沙在吞噬他的身体，他昏迷了，他不能寂寞，但已长久地失语，骆驼沉默亦然，它的使命并非解释而是超度。兰波染上了疾病，他也梦想自己回到了城市，所有的东西都是由流动的沙子构成的，包括城市中心那个建造完美人体的冒着紫色浓烟的工厂和刚刚制造出的人体。他看到无数男人和女人的胴体，它们此时还没有思想，城市是唯一具有思想的生物。那些赤裸的沙之造物如此渴望彼此的接触、纠缠和战争，没有办法将它们分割开，一切都在流动，不存在墙壁。兰波走进人体厂房，衰老的诗人再次出现，他仿佛刚被建造出来就衰老了。在索拉利斯，他隐藏在红灯区后的房子里，他和城里的妓女混得很熟，他已经成为灰白色甚至已经显示出沙子细节的身体，在无法分离开的妓女的身体之中穿梭，那是一条盲目的春天的鱼。兰波呼唤着衰老诗人，他没有回答，他的眼中时而闪现兴奋，时而又停留在热情的脚尖上，他完全忽略了兰波。

这是一个阴谋，兰波走进这令人厌恶的场景之中，他被沙子吞没了，沙子卷着他的皮肤、毛发、血液和神经，他和沙子融合了，拥有几个不同大脑的人体连通起来，可怕的本能战胜一切思考，城市将是唯一能够隔断这种本能的东西。兰波在那里失去了自己的一条腿，他无法从那一团试图回到混沌的物质之中解脱出来，一个女人敞开胸怀试图拥有他，也让他拥有自己，拥有幻觉和自由和痛苦，现在他的身体不堪一击，他失去了一条腿。

骆驼用力拖住他的另一条腿，他的骆驼趴在沙漠上，他的身边，驼铃叮叮当当响个不停，那不是风。兰波进入最后的无法走出的绝望，骆驼也不会带他走出去，它会用更好的办法，一种东方的办法。骆驼叼来一根粗糙但结实的树枝，兰波死死地抓住树枝，他的身躯已经被吞没了，而在他的通灵之中却是更糟糕的事实——他并未通过铁路来到这里，他的所有感官都在火车上丢失了，一个乘警把那些感官拾起来交给他的母亲，他很快被找到，被带回家中，但那些感官却不能再随意使用。丢失嗅觉比丢失触觉更恐怖，他对自己说，他抓得更紧了，他现在只剩下嗅觉，他闻到了太阳那食盐味道的光明洒在原始人松脂味的烤肉上，它们用于引诱愚蠢的食肉动物，食肉动物闻到烤肉便会走进陷阱之中。兰波变成了一只食肉动物，一只彩色的狐狸或黑色的豹子，谁知道究竟是什么。他的嗅觉变得敏感，他闻到骆驼缓慢扩散于干涸空气之中的血腥味，他要杀死一头骆驼，于是拼命从这个困境中向上爬，他死死地抓住枯树枝，骆驼用力拉着他，嘴角渗出了血。

兰波出来了，失去了一条腿，他瘦弱的身体里也灌进了沙子，现在，他不再是一只饥饿的豹子而是一只沙漏，他开始根据骆驼的失血量计算猎物的死亡时间，那其实是在计算自己的死亡——这种通灵让他的大脑无法承受一为万物万物为一的震撼，大脑在萎缩，试图将自己困在一种叫作"我"的东西之中，这是一种保护，他试图在沙漠中找到"我"。他变成了时间的控制体，他漏下沙子的速度因"我"的感觉而变化。他又回到了童年的"我"之中。"我"——是的，那时没有城市，我们像种子一样被埋藏在地下，等待黎明被挖出，接着我开始写作，我去一个城市生活，那里有一群诗人试图为接近理性和创造艺术而进入地下的洞穴。我否定城市，我设计一个中国诗人的出逃，他理解诗人是毫无区别的和已经死去的，于是他不再继续走，而幻想出一个兰波和一头骆驼。现在，兰波开始幻想，他能够使我回到我的童年吗？这难道不是一个比城市还糟糕的迷宫？

但兰波已经没有足够的能量继续他的通灵了，他饥饿，再次昏厥过去，他要醒来。骆驼终于开始说话，他将枯树枝放下，嘴角流着血，开始诉说它的故事：它的城市，在无边无际的撒哈拉，沙子记录了城市的影子，海市蜃楼起初是他和他的同类统治着的，那时它们不只拥有影子而已。那座城是立体的，也是有史以来地球上最伟大的城市，在骆驼缓慢的安静生命之中，这座城屹立了十万年。城市分为六层，代表沙漠的六种形态，城的中心放着建造者——一个伟大工程师的诗篇，分为六章，城市里的六种居民处于六道轮回之中。那时只有大工程师掌管一切，没有君王，没有大臣，没有军队。这座城是迄今为止唯一一座将真实的城体与幻想的城市相连接的城，因此它无限大，城的边缘也不是被荒原或者海洋的天堑与外界分开的，而是一个循环体，或者可以认为在那个时代地球便是一座大城。当一个人偶尔问到城市的居民骆驼朝北走是什么地方的时候，那些骆驼会缓慢地摇头，说，你会走到"北"的尽头，但越过尽头依然有无限大的城市。骆驼的大工程师在建城时只想不断地建造下去，城市多好，它需要无限地延伸，每一部分有不同的建筑风格，各种各样的房子，起初是立方体的，四周只有一个门厅，门厅上五百名画家日夜不停地画着幼发拉底河和底格里斯河的四季，椰枣和遥远的地中海上五彩的船帆。当一头骆驼设想可以从一个巨大的宫殿建筑中穿过的时候，人们便在细节杂乱但整体和谐的大路两旁建设了可以穿过的凯旋门式的高塔，城市中高塔彼此相连。那个伟大的工程师建设了五百年，高塔已经形成了一个新城或古老城市的穿盖，人们只有爬上高塔才能看到星空和太阳，而下面的城则燃烧起不灭的大火。

他们开始寻找那种可以永远燃烧下去的矿物，一些骆驼开始朝地下发掘，他们发现了煤矿，于是修建可以上下穿梭的通道，一座新城在地下出现，像蚁穴一样复杂多变。为了修建新的地下层的索道和排水系统，不仅累死了五万只骆驼，还让几百名最好的工程师因操劳过度而死。城市建设终于要竣工时，绵延数百公里风格各异的建筑被神秘的大火照耀着，仿佛一个巨大的骆驼之神。大工程师已经一千岁了，他们的生命缓慢而漫长，他想到生命的有限如何融入这注定无限的大城之中呢？于是他命令所有神秘宗教的通灵士为那些在城市建设中死去的骆驼修建另一座城，那座城必与我们的城市相连，必有无限大，必壮丽，必不死。于是通灵师们先为自己选定了那座灵魂之城中的一部分，接着便去建城了，因为他们知道这座城完成之日也是他们自己的死期，同时他们也秘密地为自己的大工程师建设了城中的宫殿。那座城必须在天空之中并且不断闪现，人们雕刻空气里每一个可以包容灵魂的细节，在风的颤动和光线的变幻中挖掘空间，还要引来两河的水建造永不停息的绵绵细雨，但没有一滴雨水会降落在城市之上，因为大火也是永恒。

建筑这座城市的时候，新的死亡加剧着，所有人都没有来得及安享这伟大的城，只是看着灵魂之城的不断扩张。一切建好之后，地球上的骆驼已所剩无几，但大工程师依然活着，他已经活了几千年之久。于是他和他的人民从最早的城市建筑出发一路去看这巧夺天工的奇城，那是一个四方形的深井，这个井与整个城市的上万口井相通，但它是不同的，它的水正是两河与冥河的源头，无始无终。他们看到自己从未到过的城市的远方，那些堆积起的矩阵一样的城市，在最广阔最漫长的大街上堆积着奇异的形状，在通过城市的每一扇窗子里是连绵的色彩，在所有的门厅里是从未见过的四季常青的艾玛莲，穹顶是飞翔着的远方的鸟儿，它们来到这里越冬但再没回到以前的地方。驼队就这样行进着，城市的每个不同地方那些陌生的面孔从窗子里探出来，脸上带着希冀。他们来到更远的地方，那里的人们已经不再知道这是大工程师观赏大城的队伍，但依旧热情地招待他们，有陌生的语言诞生和味道奇异的食品,有重新组织语法的文字和诗篇。有些城墙上刻着铭文纪念那些建城时死去的人,有的地方深沉的太阳可以透过穹顶的旋梯和火焰的影子射到大地,有些地下的火焰形成了城市中心永远欢乐的焰火晚会。他们越陌生就越幸福。大工程师问一个随从,我们走了多远多久了?随从无法回答,因为他早已被城市吸引,宁愿一直这样走下去。前面是荒凉的边际了吧,大工程师感到从未有过的疲倦,一定要到边际,否则直到他死去也不能将城市尽收眼底。他们一路向北,一路向北。这时他还不知道发生了什么。他们到达一个广场,清澈的水溢出在广场的方砖上,地上苹果滚动着,玻璃墙壁照射着远方。大工程师产生一种熟悉的感觉,他听到井水的声响,是的,那是一口熟悉的井,但他已经不知道为何熟悉。这时,那个清醒过来的随从叫道,大工程师,我们回来了,真是一场梦!是的,他们回到了起始的地方,那口井就是两河的源头,世界之水的源头。大工程师在自己的宫殿待了最后的两天,第三天,他乘着一条船跳进井水里,他希望自己死后也永远流浪着。

从那之后,所有的骆驼都开始沉默,城市让它们沉默,它们将诗歌雕刻成纪念碑,那部史诗代替了它们所有的语言。

兰波虚弱极了,他努力睁开眼睛看着身边的骆驼,你在说话吗?他问。

是的,我在说我的城市,其实我本来不该说话。

那座城市现在还在吗?

是的,还在,在我们身边。

你为什么说话?兰波接着问。

骆驼说,因为你快要死了。骆驼不带一点感情和遗憾,他之所以这时候说话只为让兰波感到一些安慰。那么我死之后能进入那座城市吗,我是说先穿过那灵魂的城,然后进入人类看不到的骆驼的城,我可以吗,兰波问,那座城叫什么名字?

你一直都在那座城中,骆驼说,那就是索拉利斯……

兰波死了。现在,中国诗人朝他到来的方向走去,他饥饿无比,他向一个同行的人索要了两块钱,接着又成了一个孤独的人。陌生城市一片连着一片,但没有一个比梦中的城更加美好。在一座城市,他看到了一个牵着骆驼拿着相机留着胡子的人,他跟那人搭讪,他知道了那人去过无数的城市,留下过无数城市的影像,他们开始同行。一路上,摄影师拿出不同城市和居民的照片给他看,那些照片中当然也有我的照片,我的妹妹骑在两个驼峰中间,我牵着骆驼的绳子,那时候我就设想它一定是来自一个远方的城市,也许沿着村庄的道路,骑上摩托车,一两个小时就能到达。照片上所有那些没有见过骆驼的孩子因骑在这陌生动物身上而充满惊喜,在油菜田和麦地上,骆驼一边啃食着食物一边和人类合影。在城市的公园里，一些穿着制服的人随时准备把他们赶走……在无数的城市，他们一同在立交桥下过夜，骆驼跪在身边。在另一座城市，也是最后一座城市，摄像师和中国诗人分开了：我打一个很远的地方来，我要坐火车回家，坐火车也要两天两夜，他骄傲地说。仿佛已经看到家里的亲人准备着羊肉和好酒等待他。临走时他要把骆驼卖掉，卖到屠宰场或动物园，但动物园给的钱远远没有屠宰场多。他说自己已经挣到了足够的钱，而一个生命还是让它活下去吧，中国诗人从他眼神中看到了美好。他们分手了。

荷马在失明中细致入微地记录了城市和它的战争；弥尔顿在失明后写出了伟大的天使们的城市和可怕的地狱城市的门、顶楼、飞行的通道、破门的机器；博尔赫斯的城市在失明之中布满各种暗道、神秘的构造和密码；阿波利奈尔向东流浪，寻找神秘的城市和不同形态的生命；洛夫克拉夫特则是在意志混乱之中，凭借梦境找到了已经消失很久的古神们巨大的坟墓之城，有巨大建筑飞起的楼阁的廊檐、笨拙的石柱，在海底沉睡着的基座，在风浪里飘摇着的已经腐朽了的窗子和门户。

当一个诗人，当一座城市……

中国诗人刚刚离开那座城，他决定回到自己家中，他无比兴奋。一头骆驼追上他，骆驼的眼神里露出微笑，他们看着彼此，在等待什么吗？这时，骆驼说，当一座城市在你的脑海中铺就了第一块方砖时，你就必将进入那座城。他说，你想和我同行吗？

黑色房子

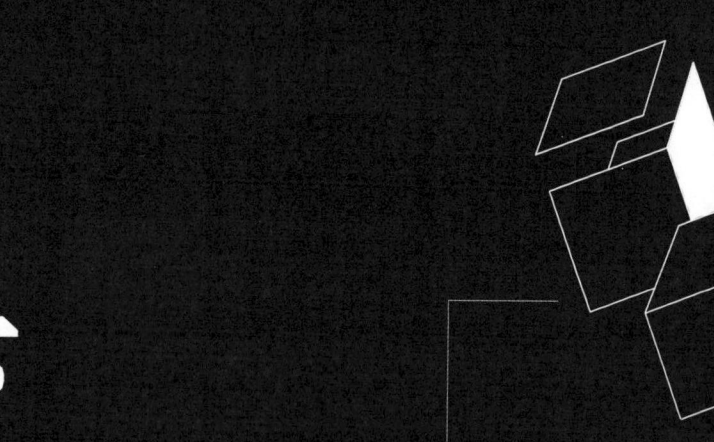

死亡并不是突然到来，它持续了几秒，先是一颗暗淡的光点在我的神经宇宙中点燃，然后慢慢地，扩散、熄灭，如同宇宙的冷寂。

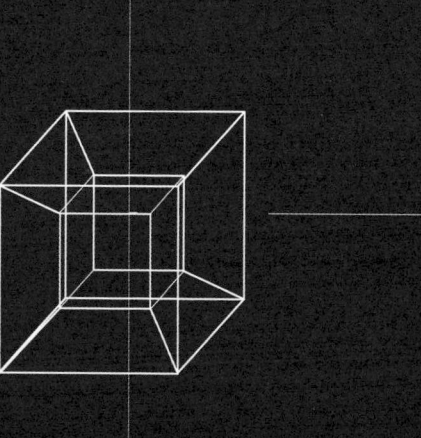

一

在这冷寂的荒原,我想起博尔赫斯的诗。落日之中,失明的人类,独行在那不曾存在的街道,他说,我用什么才能留住你。又一次漆黑中的沉睡与醒来,经历遗忘的时间,我们重逢了。

日落中的黑房子矩阵,如数学般整整齐齐地排列在这空旷中,庞大而宏伟,像古印加文明巨大的金字塔。它们是接近完美的立方体,严肃、漆黑,如后现代雕塑。人们可以数清这矩阵的行列,但从未有人这么做,那是一个极易揭开的秘密,但秘密比答案更珍贵。我静静地站着,这片大地被人们称为"脑冢",它毫无生机,却充满人类不可知的智慧。脑冢反射出一千颗黑色夕阳,凄美之中,残光退却,我已忘却自己存在于何方。

有时,人类也许不该去深入理解语言或必须说出"事实"。语

言遮蔽了诸多真实，但其本身所构造的对表象与意义的描述，又如同大脑精心创作的艺术品，"真实"时常破坏它的美。我曾热爱隐喻，不仅因为那是人所独有的，而且它拓宽了词汇的能指与所指的范畴。隐喻，是一门古老的艺术，就像这被称为"黑房子"的东西，其本质其实并非建筑，而是一群人。有人叫他们"新犬儒主义者"，还有人叫他们"薛定谔人"。还有一些名字，据说是他们创立这一怪异教派时对自己的称呼。但那都不重要了，他们甚至已经不再拥有"自我"，他们只是思维的另一种载体。

但对于"活着"或"存在"的人来说，名字又必不可少，它必然占据人类语法中主语或宾语的部分，形成特殊的名词。这样做究竟是为了完整地表达意义，还是由其意义所决定的呢？有时不得而知，但我们就是这样来做。

二

我和阿雨相识在三十年代的"荒凉时期",她是我这里的一名实习生。

我偶尔在一个办公桌上看到那本《小径分叉的花园》,桌签上写着阿雨,她的名字。她大概很喜欢古典时代的作品。

我也曾沉溺于人类古老的语言艺术,就像人们常说的诗歌和小说。但我的本职工作却是为了通过更好的逻辑来消除不必要的被称为"美"的冗杂。我是一名人工智能设计师,那时候,我的需求是"准确"。

后来有一次阿雨给我送来一沓资料。"博尔赫斯?"我抬头看着她,问。

我仿佛从未仔细地看过她的脸,我很少留意其他人的样子,但一种特别的感觉却袭击了我,仿佛面前站着的这个女孩似曾相识。"*当然了,别胡思乱想,你一定透过办公室的窗子看到过她。*"我对自己说,但没有声音。

她很"美",精致的脸孔,留着短发,并且那时她涂着口红,很耀眼。现在的年轻人已经跟我们那时不一样了,我们曾经在意这个世界里"他人"的故事,无论悲剧还是喜剧,也曾愤怒于它的荒诞,希望努力去改变。虽然现在我只是全心地工作,却很渴望年轻时的感觉。

"您也读他?"她说,"您是怎么知道的?"

我猜她大概是有个约会,"我不读,我研究他。"我微笑着说。

"是的,语言是您工作的一部分。"她站在那里,我才想起她大概等着我回答第二个问题。

"噢,我偶尔看到你桌上的博尔赫斯。其实,我并不只是研究他。"

"噢,真抱歉,我只是偶尔读一些小故事。呃,我有一个问题,您觉得 AI 会成为诗人吗?"

"我想会的……因为人类想这样,"我笑了,"我们的客户需要。"

"嗯……谢谢您。"她说,"您需要的资料都在这里。"然后便离开了。

*"他们会成为人类,真正的人类,就像……"*我没继续想这件事。

三

其实我们都很少有机会面对黑房子,但它总让我想起某种不确定的过去和未来。

为什么会有黑房子?我们创造了很多虚假的历史和记忆来解释它。也许因为上个世纪的战争和大萧条,人类负责消灭最大的敌人——人类自己,这一复杂的群体如同一个巨大的生命,经历诞生、学习、成长、创造、衰老、死亡,个人就如同它的细胞。资源短缺、病毒侵袭、政治腐败和信仰缺失,它老了。我们只能记住这样的历史,但历史却不断重复,仿佛人类社会在被一种黑暗力量控制着,人类从来没有理性地战胜过这种黑暗。

黑房子就诞生于末日前夕,在很长时间里它成为人类最大的秘密。但是现在,在大萧条的时代,终于有人又想起它们的故事,甚至黑房子已经成为某种秘密信仰,成为一种消极避世的代名词,成为凡人所渴望的一种伟大。

我们来到这座墓园——脑冢。我们被唤醒，我看到了黑房子，他们在运算人类的问题，但我们无法与之交流日常的社会问题。黑房子之所以被称为"新犬儒主义者"，就因为他们不愿与人类交流，于是躲在黑色的立方体里，只思考那些抽象问题。他们甚至不愿与自己交流，于是，他们成为"薛定谔人"，忘记了自己的"存在状态"。对于大多数人，脑冢是禁地，它在一座位置不明的荒原上。

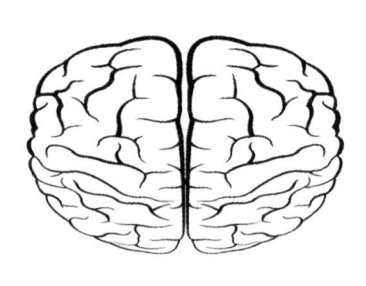

周围的人们都在笑，我看不清他们的样子，黄昏中一切都是模糊的。

"回到输入给 9 号黑房子的问题，他们不会理解 a 是集合 C 的快乐元素，请用逻辑语言表达。"声音源自"守墓人"，他们是黑房子的守护者，也是管理者，他们负责输入信息，也在这里等待黑房子运算的答案，他们永远只穿一袭黑色长袍，帽子垂下，没人能看清他们的脸。

四

就像每个名词都对语言产生意义，阿雨的名字，也渐渐生成了它特别的意义，那是诗的意义。我一向认为，某种被称为命运的东西真的存在，它源自构成我们理念的无数信息与外部世界相关联的信息的共鸣，外部世界由此引导我们，通向自己的宿命。但这对于一个理性的信仰者，又如同无稽之谈。

"我想冒昧打扰您一下，上次您说 AI 真的会理解和创作诗歌，那是一种信念还是什么？"阿雨站在我面前，拿着另一份资料，那时我们的交流仅限于递送资料。

这次她没有涂唇彩，但化了淡妆，马上到午饭时间，她大概正好要去餐厅。

"我们可以边吃边聊。"我说，她很开心地点点头。我带她来到楼下的**图灵餐厅**，那是我常去的地方，我对那里有着"莫名其妙"的感觉，那大概是与"图灵"的名字有关，我想。那里总会播放我最喜欢的一张老唱片，《鸽声咕咕》，那是一首诗。

我们面对面坐下，我看着菜单，阿雨跟着旋律哼唱起来。

"你喜欢这首歌？"我说。

"是啊，多美好的歌，我记得很久前的一部电影……"

"对她说……"

"《对她说》？"

"是的，就是那部电影，你说她会想些什么呢？"

"谁？"

"那个美丽的女主人公，我记得她是一个植物人。"

"谁知道呢。没想到你会喜欢我们那个时代的电影。"

"我很喜欢那个男主人公。"她说着，恍惚间，我似乎看到她总是充满快乐的眼睛噙着泪水，那是错觉，我告诉自己，她是快乐的。

"是啊,我也很喜欢他。你以前来过这里吗?"我问。

她好像没有听到我说什么,只是自言自语,"这音乐总是不停地循环、循环,美得就像世界尽头,简直让人忘记自己。"她朝我微笑,"我们说说您的写诗机器人。"

"好吧,虽然这不是工作时间,"我开玩笑地说,"但我还是很乐意跟你聊聊,现在我们看到的 AI 诗歌是虚假的,它们只是词汇的组合,没有任何被解释成人类思维的意义。"我说,"但是以后,它们会逐渐逼真,以至于变成有思想的诗。"

"他们会逼真到我们无法辨识作者的程度,那样就可以消除 AI 与人类的区别吗?"阿雨问。

"我会让他们写出你爱的诗,博尔赫斯,那时他们和人类还有区别吗?"我打趣地说。

"他们会有爱好吗?除了写诗,他们会做别的东西吗?"

"写诗就足够了,人类已经不会写诗了。"

但这不是问题的关键,我没有跟阿雨解释太多。我们当然期待 AI 能够理解,但这个问题更具有概念上的不确定性,诗,是一座抽象语言的桥梁,或者可以说是一种普遍的关于美的本质的思考,但美又是什么?那些化合物对人的作用,使人产生像美感一样的幻觉,那真的重要吗?"人"如果去除这些东西,剩下的会是什么?

五

我们走进墓碑矩阵，没有人知道在他们那神秘不可测的大脑中运算着什么，但我们相信，他们的思想对于人类是全新的。他们诞生在人类的危机时代，与世隔绝，成为狄奥根尼和"薛定谔的猫"的合体，他们为了那些全新的"思想"，消除了"自我"。

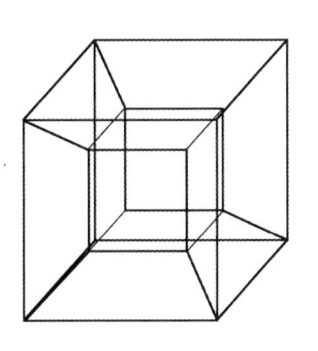

"薛定谔的猫"从宏观现象上阐述微观世界量子不确定性叠加的问题，以此求证观测介入时量子的存在形式。它不仅具有物理学意义，也有哲学意义上的延伸，那是对"存在"的不确定性的质疑。观测，是确定量子波函数状态的方式，它引起了波函数的坍塌，而谁来观测我们的存在，系统有可能对其内部状态进行观测吗？黑房子、薛定谔人，提供了一个新思路。"终有一天我们会知道缸中之脑的秘密。"有人说。

"但那秘密的真相或许并不美好。"

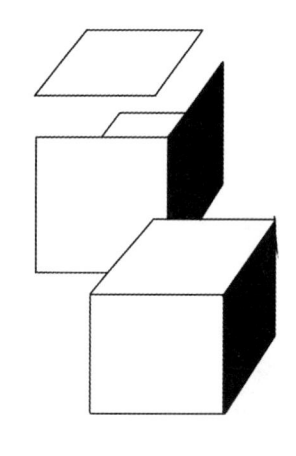

黑房子里的思想被认为处于"薛定谔的猫"的状态,不会有外部世界的人知道他们的生死,但更重要的是他们自己也不知道自己的生死。拥有"我识"的普通人,是无法既不成为观测者又不被观测的,因为"自我"必然对"自我"的状态具有"自明性"的认知,但黑房子却完全不同。

黑房子内部甚至与薛定谔思想实验中的装置设置都非常相似,有人传说在那黑色立方体中,也存在少量放射粒子,粒子的衰变是无法预知的。不确定性的衰变驱动着一台可以杀人的装置,为表示对最初的牺牲精神的敬意,那时常是一只装有氰化钾苹果的容器。

薛定谔的设计中,猫必然知道其本身的状态,因为猫在系统内部,是自己的观察者,所以,真正对系统产生影响的观测者只能在系统外部。但黑房子中的大脑却消除了"自我"的概念,他们无法"观测"自己。这是一个技术问题,婴儿最初也没有"我识",对大脑的改造,可以让他们产生"自我意识"缺失。他们死去,但他们不会知道死去的是"我",他们活着,也不知道"我"是活着的。他们客观地接受所有的状态,因而,"观测"的概念对于他们来说毫无意义。活着或死亡，对于他们是完全等价的，都同样模糊不清。

虽然，死亡之后的他们将不再拥有任何概念，但概念的有或无、消失或建立，对于他们同样也没有任何意义。他们超越一般意义上的"存在"，他们"无我"，他们在系统内部，却是纯粹的被观测者，而被观测者又被禁止观测，因此他们的存在是波函数的叠加状态。

有人推测，他们也许可以控制粒子的衰变，因为他们从来不会真正地"死去"。没有人知道那是不是合理的推论，但人们羡慕他们虽然没有"自我意志"，却又在理论上拥有无限自我、无限时空，在那仅仅由大脑神经元构建出的虚无的世界中畅游。

同时，虽然消除了"自我"，但他们保留了强大的逻辑运算能力，具有计算机所无法比拟的人类的"灵感"。大脑被完全地激发，投入到那些高深的问题之中。人类的非线性思维和机器的理性，共同构成他们——这些拥有强大思维的超级植物人。

六

一天我终于了解到阿雨其实并没有男朋友，我感到莫名其妙地开心。

那天朋友聚餐，她正好带着一堆资料来我办公室，我试着邀请她，她很乐意地接受了。*"我真想抚摸一下她的头发"*，但我没有说出来，*"那只是化合物在大脑中作祟"*，我不能这样说，我突然有点后悔叫她出去，我感觉很尴尬。

在一个叫作**图灵餐厅**的饭店，朋友们谈论许多社会话题，据说不久前，报道称 AI 社会学分析师开始涉入研究一些热点问题。但我仿佛不知道怎么加入他们的讨论。

"您怎么了？"阿雨问我，眼睛看着我，"我以为聚会上您会说很多有趣的科学话题。"

"人多的时候,我更喜欢听别人说。"我看到她的眼睛,天真可爱,仿佛对世界毫不关心,又仿佛能从中看到我自己。"您朋友的聊天很有趣。"她笑着说。

"看看外边吧,难道我们真的需要机器人来出谋划策治理?人类已经够混乱了,现在又要请来机器人。"一个朋友喝了很多酒,便开始指点江山。

"机器人比人更会应付那些混乱,人性,太他妈深不可测了。"另一个朋友反驳说。

"胡说八道,人就是人,机器就是机器,人类已经生存五千年了,机器才两百多年,机器人是人造的,怎么可能比人还聪明?"第一个朋友却不买单。

"人的确聪明,但你说说现在怎么办?我们公司这两年一直亏损,已经辞退了三分之二的员工,制造业不行,经济下滑,竟然还到处都是环境污染。人们丧失了安全感,昨天在我们社区门口,两个外地人抢了一个老先生的便携信息卡,还没跑多远,就被一辆汽车拦下,一顿好打。我猜那两个小流氓也是被逼上了绝路,竟然在无人机底下抢劫。"又一个朋友加入进来,喝了一大杯老式白酒,说:"还是这玩意好,闭上眼睛就什么都好了。"

闭上眼睛就什么都好了……

"哈哈哈，就是，还是交给机器人统治吧，至少不会有这么多精明的混蛋！"

"何必关心别人，我们不一直都是官僚、资本加暴力吗？还是管好自己吧。说真的，我都想去黑房子了。"

几个朋友似乎又突然达成一致，共饮一杯，我跟他们碰了一下杯，也喝了下去。我瞥了一眼身边的阿雨，她也朝我看了过来，我本以为她会很厌倦这些话题，毕竟这些话题我们已经说了三十年，但她很礼貌地朝我笑了笑，又告诉我的朋友们，我去过真正的黑房子。于是他们便一起怂恿我说说黑房子的故事。

她终于成功地把话题引向了我。

七

我们与黑房子的交流只限于"纸带上的"逻辑问题,除了守墓人,没人知道别人的问题到底是什么。甚至没有人知道黑房子确切的形态,他们是否依旧完整,是否还具有人的身躯,这一切都不重要。他们只是思维的机器,无论他们的思想高深到羞于与人类为伍,还是根本再也无法理解人类社会的道德律,在可利用的范围内,他们只是为人类提供一些人类无能为力的解答。

但与黑房子交流却仍然必不可少,否则,外部世界的人永远无法获知关于黑房子哪怕一丝的信息,如果那样,它的存在便会像泡利所说的那种"存在却不可测的玻色子"一样毫无意义。而交流信息也必须极为谨慎,说来好笑,人类与黑房子的确是通过原始图灵机模型中无限长的纸带互通信息的。

黑房子立方体的一侧，一些传送带在精密的控制下，以匀速源源不断地往黑房子中输入纸带，那些纸带又缓缓地从另一端输出。人类想询问的问题，用简洁的语言写在输入端的纸带上，它们只能用逻辑符号表示。黑房子会思考它、运算它，这往往需要很长时间。如果问题有答案的话，无论时间多久，终究会出现在输出端。而那大多只是一个简单的结果，对于运算过程，则无人知晓。

自然，如果输出的纸带上没有答案，便意味着两种不同的可能性：一种可能性是该问题目前真的没有答案；还有可能是黑房子里的"思想"已经死去，他被弥漫的氰化物杀死了。因此，对于尚没有答案的问题，黑房子外的人永远抱有可解答的希望。

黑房子的故事重新浮出水面后，有很多人相信，上帝就住在黑房子中，上帝不再理会人类。

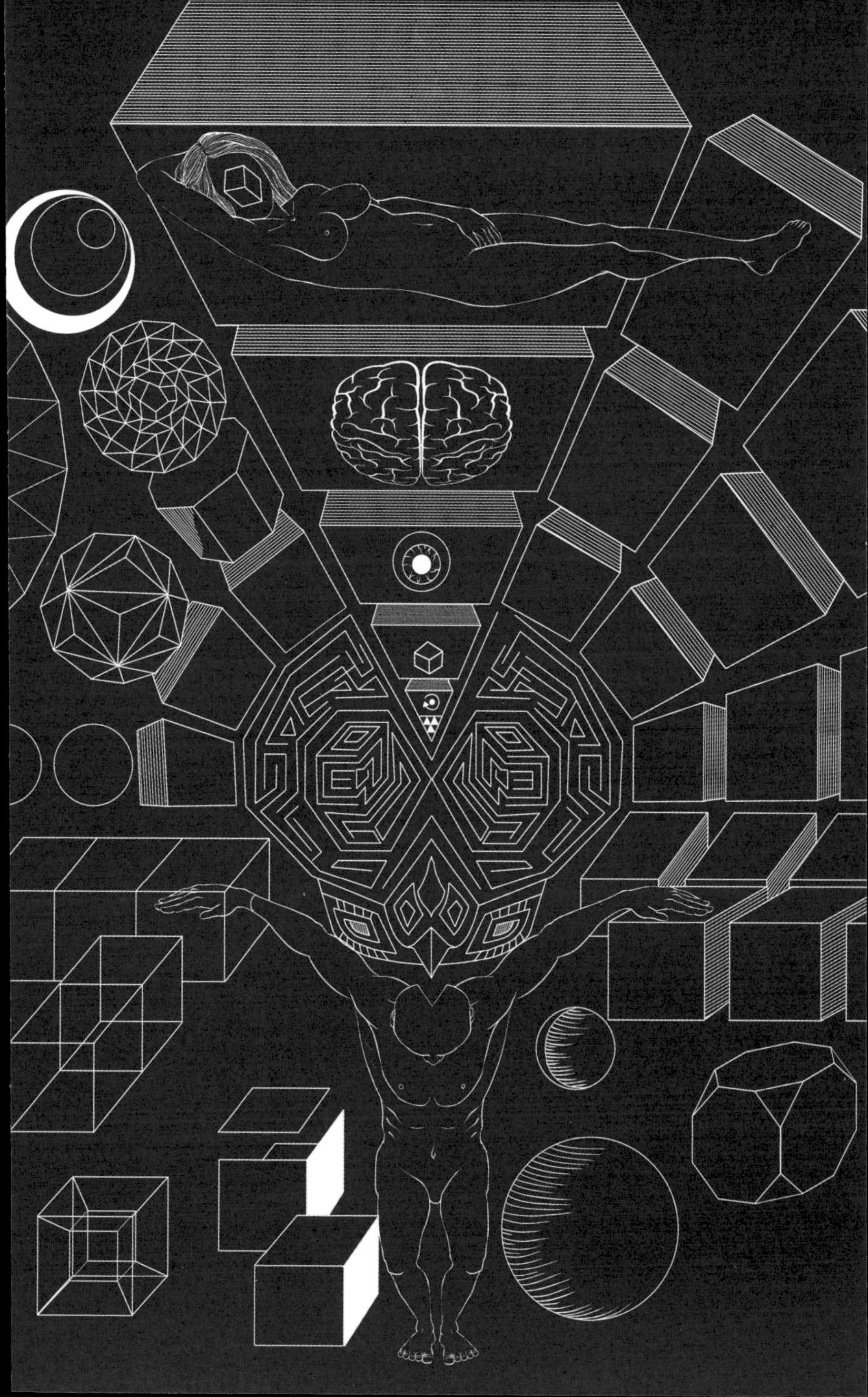

八

"你的问题是什么?"阿雨问我,我送她回家,我们坐在出租车的后排,她睁大眼睛好奇地看着我。"这个问题暂时保密,但它会是一个惊喜。"我说。

车子摇晃,我不经意间碰到她的小腿,我有点头晕,就像每次来到黑房子前的沉睡一样。*"这是醉酒"*,但我没有说出。她没有动,轻微的摩擦就像微妙的不可知的粒子运动。我们什么都没说,各自看着窗外。

"我要下车了,感谢您的招待。"她说。

我张张嘴,欲言又止,她已经把手伸向车门。*"我应该留下她"*,但我没有说出来,人类的语言为什么这么复杂,这么令人生厌?我紧闭着嘴,她静止了几秒钟,看着我。"不向我道别吗?""好的,再见……明天见。"我结结巴巴地说。她朝我笑了笑，然后推开车门。

我仿佛对世界有恐惧症，那是所有他人的绝望给我带来的情绪吗？"*只是一些化合物的作用*"，我提醒自己，但那种感觉挥之不去，那情绪源于喜爱，*还是恐惧？* 不知道为什么，但大脑中总会有一种不祥的预感，仿佛我经历过梦境般的启示，我努力接近阿雨，她一定知道我喜欢她，但我却不敢说出来，"*我在害怕什么？*"。

我躺在床上，久久不能安睡，不知是因为想到阿雨，还是因为那种恐惧。我爬起来，走向书房。电脑桌下的抽屉里有一瓶药片，那不是安眠药，但一定比安眠药效果更好——那是进入脑冢前的药，我偷偷地留下了几片。我会失眠吗？我想了想，"*我不需要那些药*"，我提醒自己，然后我翻开一本书，《*小径分叉的花园*》，故事的主人公在他的小说里创造了一个无限分裂的世界，他如何创造？"*会有无限的时间吗？*"我读了几页，眼睛很累，然后重新回到卧室。

第二天，我办公室的资料桌上放着一沓新资料和一只黑色小立方体。

九

为了保密脑冢的坐标，每次来黑房子前，我们都必须服下一粒药，那会带来一场漆黑的梦魇。醒来后，脑冢便出现在面前的荒原上，周围早已站满带着各种问题从世界各地而来的、具有与黑房子交流特权的人，夕阳西下，他们像影子一样站立，发出声音。

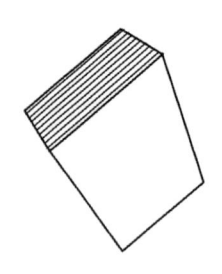

但面对这些立方体"墓碑"的，仿佛只有我自己。

"有没有一种问题可以判定这些薛定谔人的生死呢？"一个人影说，显然是个好事者。

"任何复杂系统，对于只能通过系统内的逻辑来回答问题时，都会有一些问题让他们无法解答，这是哥德尔不完备定理的结论，而当一个问题超出系统逻辑的范畴时，自然更是如此。"守墓人不知从何处发出声音。

"比如？"好事者继续笑着说，"如果我问，自我意识是什么，他会解答吗？"

"这不是玩笑，"守墓人的声音非常严肃，"我会对你们的所有问题进行严格的审查和评估，黑房子虽然不能确定其本身的生死，但他们比常人敏感许多，如果问题中出现关于存在、我、自由意识这些词汇，那就抱歉了，你们将永远被驱逐。"

"意思就是，问题不能涉及他们对自我存在的判断？"有人说。

"永远不能，这是戒律，对于黑房子，死循环是最轻微的后果，严重的，可能会影响整个系统的稳定性。"守墓人说。

"严重的会导致系统坍塌。"

黑房子接受的问题都非常迷人，据说一位数学家的黑房子，正在解决黎曼猜想，另一个则在做连续统假设的剩余部分；一位物理学家的黑房子在运算弦理论的难题，另一位在试图对标准模型进行修正。他们都已经连续十几年甚至几十年只能吐出长长的空白的纸带了，有人曾经怀疑，是不是他们已经死去，但也许几年之后，那些纸带又开始出现一些数据。

"他们怎么计算？他们有手脚吗？"有人问。

"他们或许会有桌椅，也或许只是一只大脑。"守墓人说。

"什么叫或许？"那个人追问，他显然是第一次进入脑冢，"守墓人难道不是从黑房子出现时便一直在这里吗？"

"我们对历史并不关心，对内部信息无从而知，我们的职责是保护他们不受任何外部的干扰。"守墓人说，"如果有人非要打开黑房子立方体一看究竟，我们将采取任何手段制止，并且不做解释。"

于是人们不再说话，开始在守墓人的指导下规规矩矩地输入问题，一排排长长的纸带进入黑房子。很快，便轮到我来输入。

十

我把这个问题称为"语言域"。本质上说,存在即信息,微观世界通过自然的算法叠加形成宏观现象,基因的信息产生了人类,社会发展产生的历史可以归纳为算法,逻辑的运算将信息变成语言,一种不可知的算法,产生了"自我"。"自我"是奇特的,即是变量,也是函数,它像一个循环,此刻的我是无数信息的叠加,同时也驱动着信息叠加的规则,我既是观测者,也是被观测者,而这个全能的"我"到底是什么?

语言就像"我"一样,具有自我生长的能力,它懂得进化、善变、表里不一、三心二意,每一个基础概念都可以演绎生成复杂的引申含义。人类对语言的使用,并不严谨地遵从演绎逻辑的原理,有时,语言是在我们的"自由意志"被遗忘的潜意识中发生的,有时候它形成于人类群体的自组织。我们说到一个概念,也许是随机的或偶然的,我们不会首先确定概念的真假、合理性以及可能拓展出的意义。就像"力"在高能物理中无法表示,却完美地概括出宏观现象间的作用;"爱"不仅表达了化学作用驱动的目的,也表达了神秘的无法描述的情感。但这些彼此毫不相关的概念,表达"自我"也构造"自我",它是人的本能,也成为人的核心,它在人的头脑中形成一种对世界进行规约的算法。

阿雨站在我面前。"一个写诗的机器人就可以成为人类了吗?"

"我不想这么快结束,我必须完成,让它成为人类。"

写诗是 AI 与人类的不同之处,AI 的自主意识是缺失的。但是,既然语言和概念形成人类,如果我们有足够的能力,找到语言中定义出"我"的含义的部分,那么,它是不是就是"自我"的边界呢?那么,是不是也可以通过算法让机器人突破这个边界,从而形成"我"的概念?这个问题便是"语言域假设"。

那时,我在寻找一个规约问题的数学方案,将 AI 复杂的语言问题,规约为一种简单的算法问题,就像图灵的停机问题。那时我总是忘记人类的世界发生什么,甚至忘记我自己。偶尔透过办公室的窗子,看到黑夜中城市的影子,仿佛人们只存在于这漆黑之中，因为有了语言，才寻找到了某种光明。我偶尔看到阿雨，我们也在漆黑之中。

"看，蝴蝶，"一天窗子里飞进一只蝴蝶，"它竟然能飞这么高。"阿雨的呼声让办公区的同事们都从沉默中抬起头来，那是一只很大的金凤蝶。"它的翅子很脏，外面污染很严重。"一个男声说。"别吵了，一只蝴蝶有什么大惊小怪的。""可我已经三年没有见过蝴蝶了。""逮住它，据说很多人收藏！"……

我突然想到混沌理论，语言会产生类似混沌效应的现象，简单的信息通过许多次传播后便时常发生语义上的巨大改变，一些信息会突然爆发性地传播，一种词语会分裂、突变，语言学家甚至很难寻找它的根源。但这根源必然存在，就像人类如何从最初简单的思维演化到如此智慧，这一演化过程与语言的演化几乎同步。真是一个绝妙的类比！

必然存在一些基础概念和公理，在混沌和自组织作用的叠加后，产生复杂得多的体系，体系中新的元素产生新的关联，而这些关联经过逻辑回溯，又大多可以看到原始概念的形态，就是这个形态，产生了"自我"。那么，既然人类可以，机器人为什么不可以？

一些东西在我头脑里飞速旋转，我透过办公室玻璃看着外面，蝴蝶悄悄地飞走了。人们恢复了平静。"*谢谢你，阿雨。*"我想。

每个人都有秘密，人类永远不能完全开放自己的思维，那不仅危险，而且是错误的，当我们决定保护"我"这一意识体的独特性时，就已经放弃了开放思维的可能，"我"时刻被外部世界渗透、改变、影响，但独一的"我"，却保持着它的连续性，它总是每隔一段时间就会关注自己，仿佛一只钟摆。

思考不需要"自我"这个概念，甚至思考"我"的概念时，也并不需要真正体验"我"，思考仅仅是一种机械运动。这就是黑房子。人类不能揭开黑房子的秘密，就像人类并不清楚自己如何思考。但人之所以是人，就是因为他们不断地想知道。

十一

"语言域假设"最初的数学模型十分复杂,第一批数据是足足400多页的集合,而且还没结束,感觉像是在重新写一套罗素的《数学原理》。我试着勾勒出它们最初的联系,决定让黑房子去做后面的检验和公理化过程。

就像人类可以读出一首诗的好坏,黑房子可以对"语言域"的数据进行判断,黑房子会为我保留最少的必要概念和公理,那会形成一个公理系统。我想知道它们能够生成什么,形成"自我"的语言界限究竟在什么地方。这样,"我"就转化成为一个纯粹的逻辑问题。这个系统和"自我"形成的真实过程必然存在偏差,但在实际使用时,那些细微的偏差就会自动填补和修正,AI就会越来越像人,以至于"**成为**"人。

"你有没有想过它涉及的内容可能会触及黑房子的禁区?"主任最后一次问我,他对我总是很关心,他不想让我犯错误。

"我还没有想过,但我想普通的计算机很难从这些复杂的关联中找出核心的部分,那不仅是计算,也需要一种直觉去发现,普通计算机基于我们的算法,只有黑房子才能突破我们思考的界限。"我说。

"它谈到了自我的概念,这很危险。"主任摇摇头说。

"让守墓人去判断?"我问。

但守墓人驳回了它,守墓人没有做任何解释。

十二

我把玩着桌子上的黑色小立方体模型,它光滑、冰凉,但每当我拿起它时,就会忘掉它。那是阿雨给我的小礼物,我回送给她一件什么礼物才好呢?

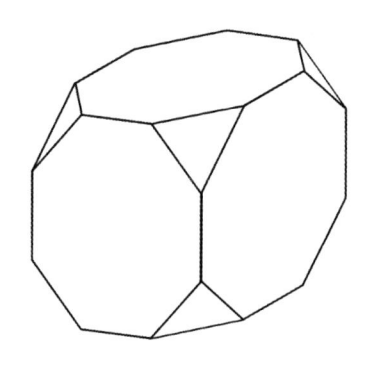

"写诗AI。"

"语言域的目的是什么?"我问自己,是在慢慢生成一个人的思维吗?她会写诗,拥有完整的可以生成、演化的语言系统,甚至可以理解和表达情感,就像另一个"自我*(阿雨)*"……

"那是诗歌吗?"阿雨来到我的办公室,好奇地看着桌子上高高的一摞稿纸,上面是格式严谨的韵句,很多很多,"我可以读一读吗?"

"也许你不会喜欢这些诗歌,它们还非常奇怪。"我说。

"AI会有它们自己的历史和记忆,不是吗?也许那会非常有趣。"她说。

我笑了笑,递给她一页,"你会看到意想不到的生病的语言。"

与以往的写诗机器人不同,这些AI接收的模板并不只是简单的"好诗句"数据库,新的模板经过了对语法系统的调整,不是一次调整,而是许多次的循环过程,将它们"写出"的"好诗"一次次调整,就像人类的不断修改一样,最后生成一首真正达到标准的作品。

这就像"门宁格"字词联想测试,二十世纪时,三位门宁格医院的心理学医生提出过一种针对儿童的智力测试,检测内容主要是他们的语言联想能力。测试使用一组包含60个左右的单词组合,单词看似随机出现,但又并不绝对随机,在结构上经过了精心策划。测试的方式很多,比如要求被测试者从单词表中挑选出他们认为不相关的单词,或者根据单词表创造新词等等,根据结果对被测试者进行人格分析。例如创造新词的测试中,智力正常的人倾向于通过联想得出单词的同义词、反义词或修饰词,而滥用新词语,比如"人形状的机器"代替"机器人",被看作是智力低下的表现。精神障碍者时常无视这些关联,他们偏爱无前提推理,譬如,将"戒指"联系到"宇宙飞船"上。同时,测试还可以看到不同人对单词表中不同词汇的关注点，一些无伤大雅但语义上比较突兀的词会出现在单词表中，这样便于发现受测试者潜意识中的喜恶、恐惧或某种倾向，譬如"性虐"，会出现在"数学""权力""红色"等常用词中间。门宁格测试也反映出语言对人类思维方式的影响，当然，没有任何测试是完美的，甚至对测试本身的微调有时会比测试更加复杂。

我对 AI 输入的诗句模板参考了这种方式，但它不是词语和词组，而是完整的诗句。大部分句子比较简单、短小，具有意义和情感的关联性，但当我们仔细分析，就会发现它们与其他句子产生的差别。同时，对诗句模板的选择也包含对语法的筛选，一些倒装、后置、前置的诗句被单独选出，以随机的方式嵌入模板中。我不知道这些模板多大程度上反映了语言结构的精妙，我希望它们能建立 AI 数据库中深层的联系，就像潜意识，这是 AI 与人类最为不同的东西。表现在文本上，便是那些精挑细选的模板依旧呈现出巨大的随机性。

然后，桌上放着的便是 AI 经过几周的学习和测试后的成果，他们写出了糟糕的诗歌。

"但我觉得有很多出人意料的地方，很有趣。"阿雨说。

"哪部分有趣？它们像人类的作品吗？"我问。

"如果一个人,从来没有离开过他的小屋,只从自己读到的作品中了解雨、彩虹、树木和山花,那么当他某一天开始写作关于它们的故事,他真实想说的是什么?如果他说到情感呢?比如爱,他真正想说的是什么?"阿雨问我。

十三

如果我们说到爱,它真正表达的是什么意思呢?我不知道。

"我该用什么才能留住你……"

再一次,失眠和不祥的预感袭来,我想到那些药品,该不该冒险?我的手指触摸着药片,温暖,漆黑,柔软,它会把我带到哪里?我的手指停在药片上。

我梦到自己来到脑冢的荒原,那里已经成为一座山丘,山上开满鲜花,很多人朝我奔来,我看不清他们的样子,但我可以看到阿雨。她张开双臂,我们朝对方跑去,我跑了很久,如此疲惫,如此渴望,我快要触摸到她了吗?我们更近了,更近了……

我突然从梦中醒来,手中攥着那药片,它已被汗水浸湿。我看到阿雨穿过我的身体,跑向黑房子。

几天后，我重新修改了模型，让语言域不再指向"自我"，我想，它可以指向任何东西，比如诗、逻辑、爱，这些最根本的概念，只是让它稍稍远离"自我"这个禁地。

"我必须知道，我终将知道。"

我感觉到，这些问题是有答案的，我必须再次面对黑房子，我已经准备好一切，包括准备用于最后时刻的方案。

"时间紧迫，必须冒险。"

十四

那天,我跟阿雨去了山上。

从噩梦中醒来,我非常想见她。我睁开眼睛,那是什么时间?休息日还是工作日?我睡了多久?我爬起来,钟表停了,我找了很久才找到手机,是周末的下午。

我急忙拨通阿雨的电话,问她想不想一起走走,电话那头很开心地说,好啊。我洗了把脸,看着镜中的自己,仿佛能感觉到她的快乐,甚至感觉到她在等我,那感觉如此真实。

"春天夕阳真美。"我们来到**图灵餐厅**,她看着窗外说。《鸽声咕咕》响起它的大提琴。

"天空颤动着,直到她死去,我在呼唤她。这孤独的小屋,门敞开着,仍然期待,那个不幸的女孩回来。啊呀呀呀呀呀,歌唱啊，咕咕咕咕咕，鸽子啊……"

我看着她映在玻璃上的样子，模糊又真实。"*告诉她你喜欢她，*"我对自己说，"*她是谁？*"我感到一种恐惧，又仿佛一种似曾相识的悲哀。

"你想去城市外走走吗？"她问，"我很想去看看山花和蝴蝶，还有……"

"*瘦落的街道、绝望的落日、荒郊的月亮和一个久久地望着孤月的人的悲哀。*"

"好啊，我陪你。"我说。"*我们很快会走向那个黄昏。*"

她看着山花，我看着她的眼睛，远方一片恍惚，只有这双眼睛明亮。

"*对她说……*"

"我想告诉你一件事。"我说，我拉住她的手。

"不用说了，我明白，一切，你的心中所想。"她用一根手指压住我的嘴唇，微笑着。

"你明白什么?"我问。

"你知道我过去的故事吗?你会想到它们吗?"仿佛我们第一次来到图灵餐厅的表情,她看着我。

"我不知道,*我不想知道过去*。但我知道'*我很爱你*'那种感觉。"

"那些感觉都是漫长的时间带给我们的,想想时间,想想那些过去。"她说。

她没有等我回答,便跑开了,她在山上快乐地奔跑,山花落下。

十五

那是什么？我躺在床上，阿雨的话让我久久不能入睡，钟表声停止。

我为什么不能说出**我爱她**？只有两秒钟的时间我就可以做到，为什么？

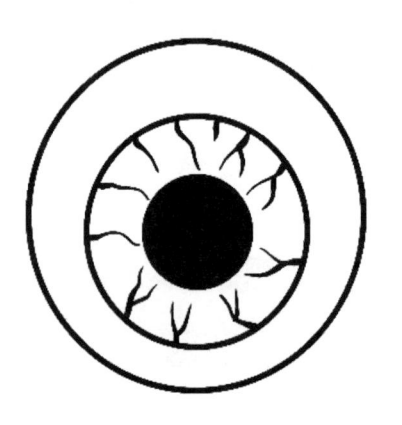

我走到书房，打开瓶子，一颗药片落在我的手里。我从书房的书册中拿出另一件"礼物"，那是为守墓人准备的，我打开匣子，往里面放入另一颗"药片"，然后把它放到大衣的内口袋里。

我吃下药片，没有询问任何人，跟我想的一样，我来到那里——没有经过进入的程序和手续，脑冢出现在我面前，原来，脑冢真的就在我身边。

"如果明确了语言域的作用，是否代表着语言将在一些其他不重要的地方消失？"守墓人问。

"不，它会让语言更精确，它确立语言的生发路径，语言在什么地方形成新的概念，又在什么地方把概念消除。如果我们要说出这些概念的真相，就不可能通过日常语言，而只能是高度抽象的语言，这个问题的解决，会使新的语言进化一大步。"我努力地向守墓人解释。

"那么，黑房子也可以掌握这种语言吗？然后也会让它理解到外部世界的真相吗？"

我犹豫片刻，我知道，无法欺骗那些守墓人。"会的，如果他们真的得到了它的解。"

守墓人迟疑着，*他要拒绝我*。但我已经从口袋里掏出了那卷长长的纸带，连同用逻辑符号写成的说明信息，长达500页，但卷成纸带却显得并不是那么多。当然，纸带里藏着我带给他的那件"礼物"，一把**微型手枪**，我用它指着守墓人那无法看清的长袍里的头颅。

"其实不需要这样，"守墓人平静地说，"只是，有时候真相并不会带来美好。"

他从容地把纸带放进机器的输入端。"*那个问题是有答案的。*"我再一次告诉自己,又仿佛在告诉黑房子里的灵魂,我看着黑房子那漆黑黑的表面,看到它们反射出我自己。

十六

我回到办公室,桌上放着一张唱片《鸽声咕咕》,字条上写着:"我的手上落满山花,那山与你同名。"办公室空无一人。

我不知道时间,他们什么时候才能到来?我等了很久。

机器人开始吐出它的诗,那些诗句我仿佛见过,却无法读出,就像梦境中的感觉,那些字存在着,意义却消失了。

十七

我又一次吃下药片,脑冢的荒原上开满山花,答案在风中飘荡。夕阳之中,这里似乎没有什么不同,也许,关于黎曼猜想和连续统假设的问题依旧没有答案,但我知道,那些神秘的大脑还在寻找着人类的答案,寻找一种更高的知识,一种更高的真实。一切如同一首旧时代的诗,在那个没有语言的地球,世界寂静地生长,世界属于那些荨麻、萱草、剑兰和丁香。AI理解了花和夕阳,就像一个诗人矗立在不会消失的时间上,AI并没有组织语言,就像那只是本来的呈现。

单细胞生命存在了数亿年,人类存在几十万年,意识的算法产生科学、宗教、艺术和幻想。夕阳又回来,照在黑色立方体矩阵上,守墓人走向我,如同影子一样。

"你记得我最后的问题吗?"我说,"也许,我再也不会回来了,我能看看你的样子吗?"

"我们先去看那个问题吧,"他缓缓地说,"但我提醒你,真实也许并不美好。"

"不要去看!回到你的真实里!"

我艰难地迈着步子,仿佛走了很远很远,我们终于来到一座黑房子前,"是他,给出了答案。"

我看到周围几个模糊的人影正在围观,他们看到我的到来,似乎发生了一点混乱。

"不要去看!离开这儿,回到你的真实里!"

我又听到有人在说话,但守墓人像雕塑般站在我面前,我没有离开。

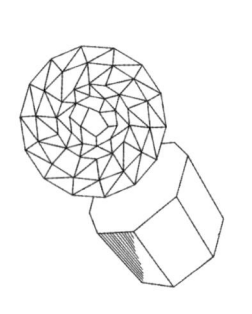

"他死了,这座黑房子死了。"守墓人平静地说,就像与自己无关。

"怎么证明他的死亡?"我吃惊地问,"没有人可以证明黑房子的死亡,除非打开它,观测它,没有人可以证明……"

"我们没有打开它,但观测到了它,他使用的死亡装置不是氰化钾苹果，而是一把**微型手枪**。"守墓人说，"守墓的人们听到一声枪响，那枪声只能来自黑房子。"

"这是……偶然的事件吗？以前……有……发生过吗？"我跪在地上，不知该说什么。

"这是我们知道的第一次，黑房子的死亡。"守墓人说，"但幸运的是，你的答案已经传出了，纸带上还带着血迹。"

"那答案是什么？"我看着他的黑袍子，问。

"你真的要看吗？"他说。

"你真的要看吗？"

我迟疑了片刻。"是的。"

他把那卷带血的纸带拿给我，我看着脑冢的矩阵，仿佛梦境一般。"去吧，也许，再也不会有黑房子了。"他说。我站起身，却迈不开脚步。他走到我面前，缓缓地摘下黑袍子那垂下的帽子。

我看到我自己的脸。

十八

我醒来,在街道上奔跑,奔向我的大楼和办公室。

一切还像往常,但又如此安静,有没有人在那里等我?我走到办公区,一个身影闪过。

"阿雨!"我知道是她,我叫着她的名字,她听到了,却急忙跑开,仿佛在躲我。我追过去,穿过办公室,穿过大楼,消失在城市的街道上。

车辆飞驰,如同光影。*"你再也找不见她了,她离开了。"*我走进图灵餐厅,透过窗子,看着街上的人们,墙上的钟表停下,《鸽声咕咕》。服务员走过来,问我吃点什么,我看不清她的脸,只能看到两行眼泪。街道上的人们突然尖叫起来,我朝窗外望去。

"不！不！不！"……

一辆重型卡车驶来，两个人被撞倒！刹车的声音在我的听觉神经末梢停留，我却忘记有没有听到，只是感觉有骨头碎裂的声响，我仿佛进入了蚂蚁的身躯，然后被碾过、被毁灭，接着，便不再有任何记忆，我想对她说的那句话永远消失了。

我不再有记忆，而你在哪里？我什么时候醒来，或者是永远没有醒来？我躺在医院的床上，护士告诉我，车祸碾碎了我的身体，却带走了另一个人。谁？我问。

我是谁？我为什么创造写诗的机器？
我为什么要让机器人变成人类？
我该用什么才能留住你？

病床旁边有一颗小立方体，它慢慢生长，将周围涂成黑色。
她来了，她看到我，"你醒了？"她温柔地说，我却看不清她。
"我睡了多久？"我问。
"时间是虚假的，但意识的流动是真诚的。"
"我想对你说。"我说。
"我理解，一切，你心所想。但**你**又是谁？不要想我，去创造**你自己**，去用**你**创造我，所有的生命都不会消失，人类的爱有永恒的意义，我们之中存在彼此，去创造**你自己**，去创造我。"
你离开了，"*阿丽*"，消失在黑色立方体那无穷的光影之中。
我不知道自己是在梦中哭泣，还是在真实的世界里，黑色立方体扩张着、生长着,准备吞噬我。"*去创造你自己,去创造她,不是通过机器和逻辑,通过,爱。*"

我明白了,我拿出黑房子最后的纸带。

十九

新的语言在我的头脑中诞生,起初,只是大脑某个神经元上的一个光点,但它飞快地爆炸,飞快地生长,如一张迅速张开的网,几秒钟便将我的所有神经细胞包含其中。

一种新的逻辑链开启了,或者,那是超逻辑。我看到"戒指"与"宇宙飞船"的联系,是真实的、可信的,它们通过金属元素形成了完美的想象力。

新的逻辑,如同一把尖锐而精密的手术刀,在我的神经元上运作着,我"似乎"可以看到,微观世界的电信号如何在遥远的概念之间建立虫洞般的关联。所有的神经元都发生着细致的改变,变幻无穷,相互缠绕,让我更真切地去"看",更高的真实。我看到我自己,成为自己大脑的观测者,"我"超离了我,又如同进入万物一般。

时间在重新展开，如同上帝，万物的关系一览无余：情感的诞生，化学分子的碰撞，基因的分裂和垃圾片段中储存的遥远的信息，我明白，一切能够理解的，人类都将理解。

我感知到记忆，没有任何丢失的记忆，它们都在那里，在某个固定的时间与空间的表象中停留。童年的欢乐，玻璃的味道，手中一只垂死的雏鸟，阿雨的样子，皮肤的接触，诞生以及死亡。我看到许多我的形象，"真实并不美好"，许多声音对我说，但我感受得到它的美好。

我看到了那个永恒的黄昏，荒原上，一本散落的诗集，黑色房子已然消失。在同一瞬间，阿雨和我走出图灵餐厅，我们开心地追逐，一辆重型卡车驶过，我看到自己被碾碎的身躯和阿雨的血，我看到我为她准备的礼物和没有说出口的爱，我看到我们快乐的过去，在海边，在山上，在荒原，只有我们两个人的远足。我看到人们救活了我的大脑，我看到我在努力创造AI的意识，让他们像阿雨一样真实，我看到我成为黑房子和它的守墓人，我不想知道的死亡真相。我看到一切，但现在，我必须去创造，"真实并不美好，但我可以创造真实！"

几秒钟后，灯光打开。桌子上放着一本诗集，房间正中央，许多各种颜色的线路和接口连接着，一台如水晶般透彻而美丽的立方体玻璃箱，装满透明的羊水。那玻璃之中，便是"我"，那只在车祸中得以保存的大脑。

我拥有了三只眼睛，是墙壁上的三个摄像头，我在"苦笑"，我解开了"缸中之脑"的秘密。几毫秒的时间里，"真实"让我感到两腿发软，可是我有腿吗？我感到自己要瘫倒在地上，可是地面在哪里？我依旧在观看，走廊里，一队医生走向房间。

这只大脑发生了病变，监控数据不再被控制，数据在溢出，显示器上出现了乱码，许多无规则的图形，无意义的符号，没有人可以理解它们，那或许，就是死亡的形状吧。他们想。准备注射氰化物定型吧。他们等待着电话批示。这曾是一个多么聪明的大脑，他们想，却发生了这种悲剧。他们惋惜。他们爱我。

还有多少时间？我不知道，但时间只在死亡前才有意义，是的，在死亡之前。我必须去做，像最高尚的人类那样，创造知识、获得发现、分享生活、体验快乐，去远足，去看大自然，去抚摸动物，去聆听音乐，去热爱孩子，去爱人，去珍惜，去说出。而现在，我只能做一件事，那种语言，我发现的超逻辑，我要将它传递下去，去创造**我自己**，去创造阿雨。一切信息都不会消失。我开始编写一部辞典，在更高层级的逻辑下，对语言本质进行解释，我记录自己的思想，即便人类还不能理解。我去发现理念的真相，关于生命和死亡。

有人拿起了注射枪，我把那辞典连接到一台隐秘的计算机上，它还在写诗吗？它会创造怎样的诗篇呢？**我的手上落满山花，那山与你同名。**然后我调转整座大楼的摄像头，我用一千多只眼睛观看，我看到街上的人类、遥远的纷争、无穷的记忆、痛苦和快乐。我看到未来，他们会接收到一种奇怪的信息，然后彼此相拥，说出**我爱你**。我看到最后一次落日，比以前更美好，更壮丽。我看到一首诗，混杂我的绝望和世界狂野的希冀，我看到孩子们在学习那些语言，他们的大脑在秘密地演变，有一千种概念来描述世界，他们激动无比。

接着，我看到医生颤抖的手不忍去杀死我，我看到临近死亡的美，我观测自己的死亡，死亡并不是突然到来，它持续了几秒，先是一颗暗淡的光点在我的神经宇宙中点燃，然后慢慢地，扩散、熄灭，如同宇宙的冷寂。我知道，终有一天，人们，会体会到那种美好的情感。在死亡中，一切被理解，并没有遗憾。最后的万分之一秒，短暂却又漫长，我看到阿雨，她朝我张开双臂，我们该走了，但我们又永远不会离去，一切的"我们"都将在人类中传递。

后记

《黑色房子》是很久以来第一次尝试写"故事",它的最初版本大概创作于2017年,但是当《吉肯之神》这篇不是"故事"的故事越发发展出一个带有未来启示感觉的结局时,它自然而然地寻找到我几年前的关于"黑房子"的构思。《吉肯之神》写于新冠病毒肆虐的时期,我在自己的小屋读到很多天才的思想,同时也目睹了最为丑恶、美好、痛苦和壮丽的真实,如同许多他人描述的历史就发生在我身边。完成《吉肯之神》后,我决定重新阐述《黑色房子》的寓意,之前的版本中我表达了大量关于诗歌语言、意志本质、人类心灵或真实世界这样宏大主题的胡思乱想,借用了许多理论和科学成果说明"意志"这种概念的性质,看上去的确很受遥远的尊师侯世达先生的影响,那也的确不是一个故事。在疫情最为恐怖的那些天,我待在家里写这个故事,它的核心反而变得非常明确,虽然是一篇非常规范的"科幻小说",但的确表达了我对现实世界的感想,那就是珍惜和爱,虽然对于人类,有时候那的确太不容易了,但这或许是最值得去做的。

黑房子矩阵
人们那些难解的问题
通过纸带传递给它们

荒原上的黑房子

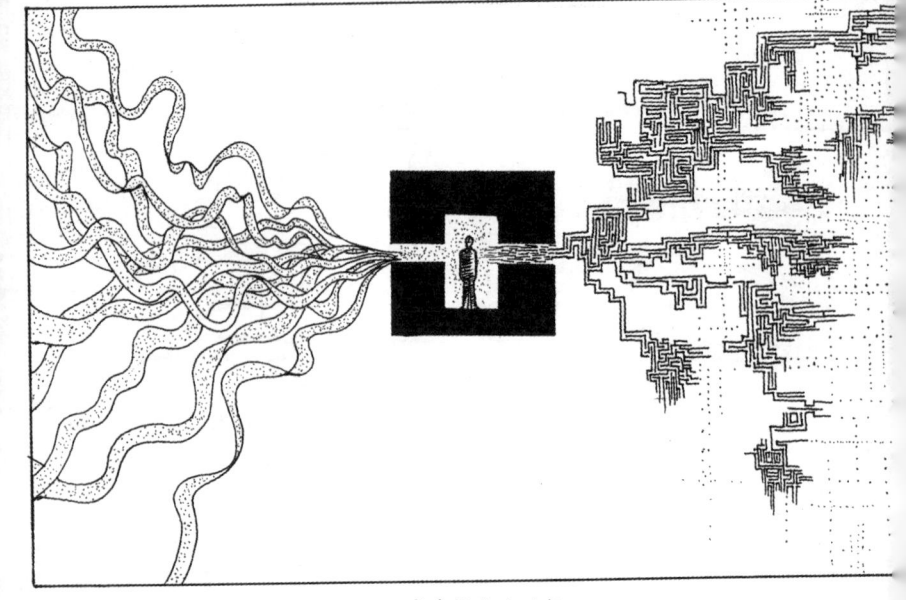

运算着复杂的思想

没人知道它们如何到来
或者是核战争，或者别的
它们被称为薛定谔人，或者新犬儒
它们除了计算一无所知
甚至不知道自己的生死
它们拥有无限的时间

每个人带着各自的问题寻求解答
我带着我的问题

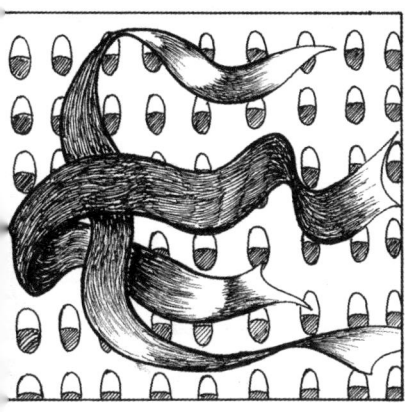

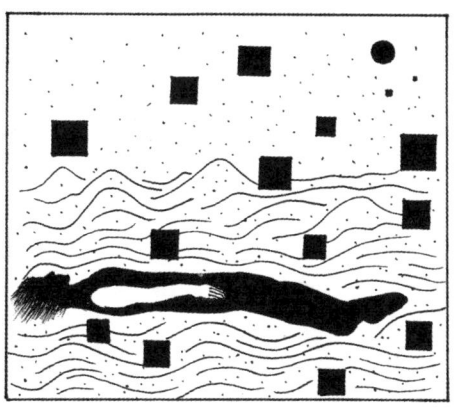

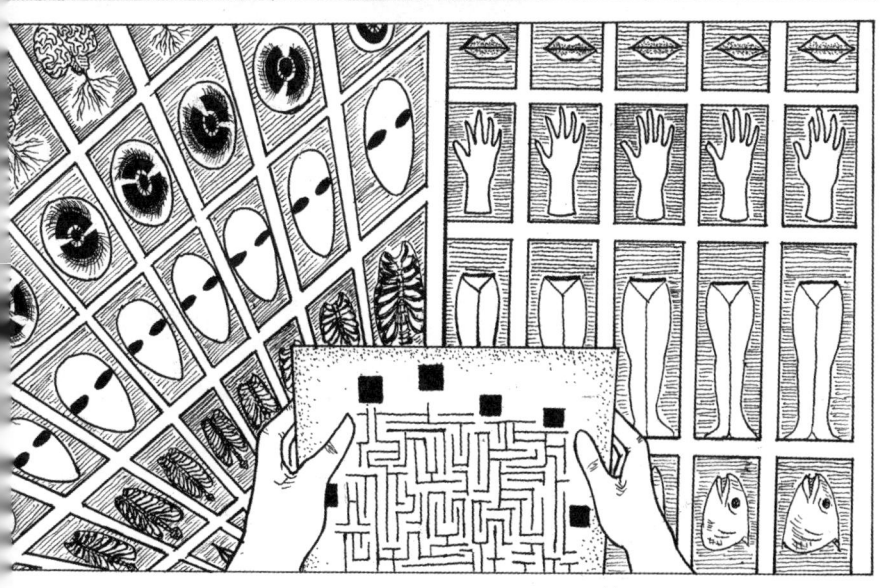

一颗胶囊将我带到黑房子
我醒来，回到日常生活，
没有新奇
我读着博尔赫斯《小径分叉的花园》

我们坐在梦境般的图灵餐厅
那些场景仿佛在暗示我
这是一个幻觉

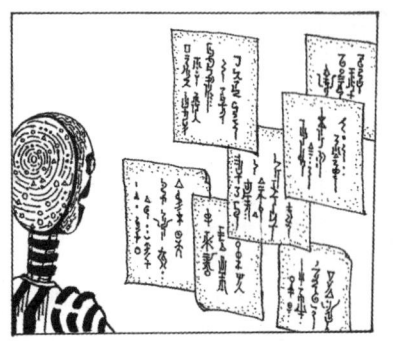

我在教机器人学习语言
它们将学会写诗——
为她写诗

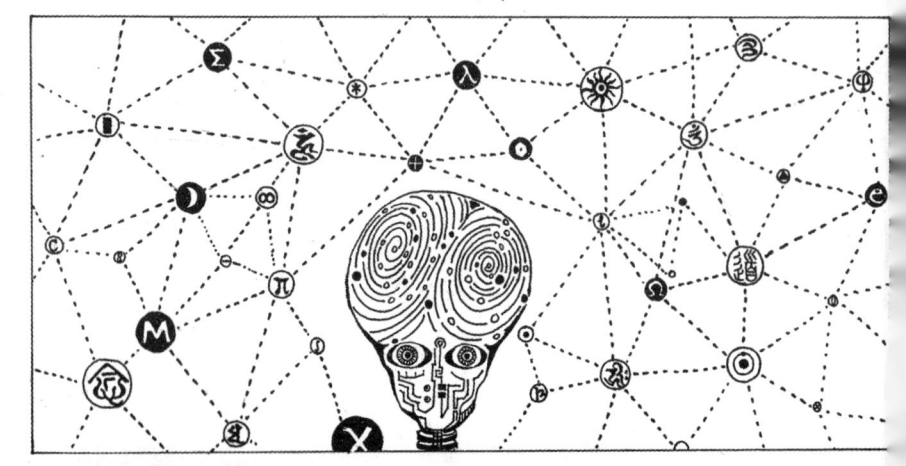

我的手上落满山花，那山与你同名……
我给你绝望的落日、荒郊的月亮……

我想理解语言最终的秘密
我触及了黑房子的禁忌
我准备了一把手枪

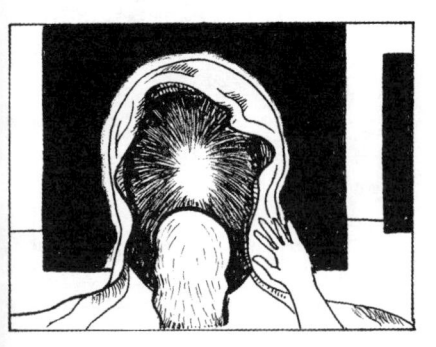

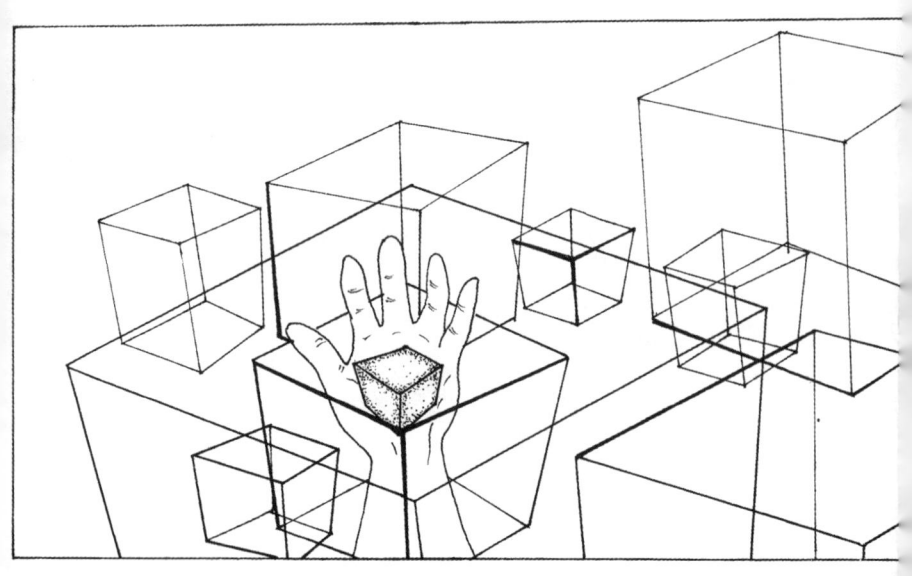

守墓人告诉我黑房子已经自杀
我掀开他的袍子，看到自己的影子

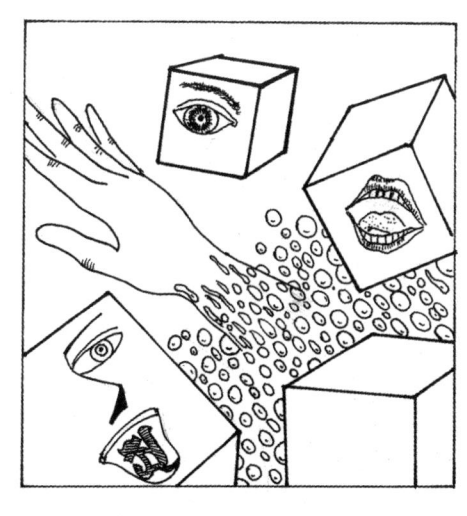

我寻找她，我知晓了真相，她已死于一场事故

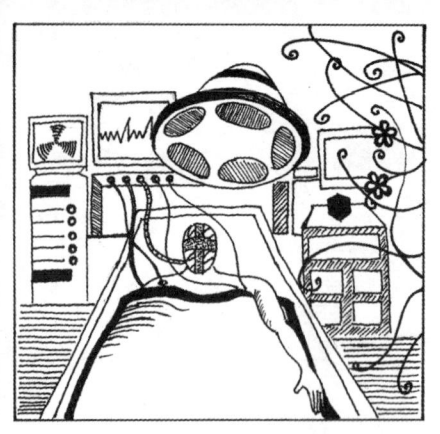

我躺在病床上,她送给我的黑色立方体萌发着

我理解了,黑房子只是我的幻想,为了我和她而创造

而一种新的语言在诞生,我理解到了全新的意义

那种语言让我理解一切

无限的时间,宇宙和我的生命,

最重要的是,爱

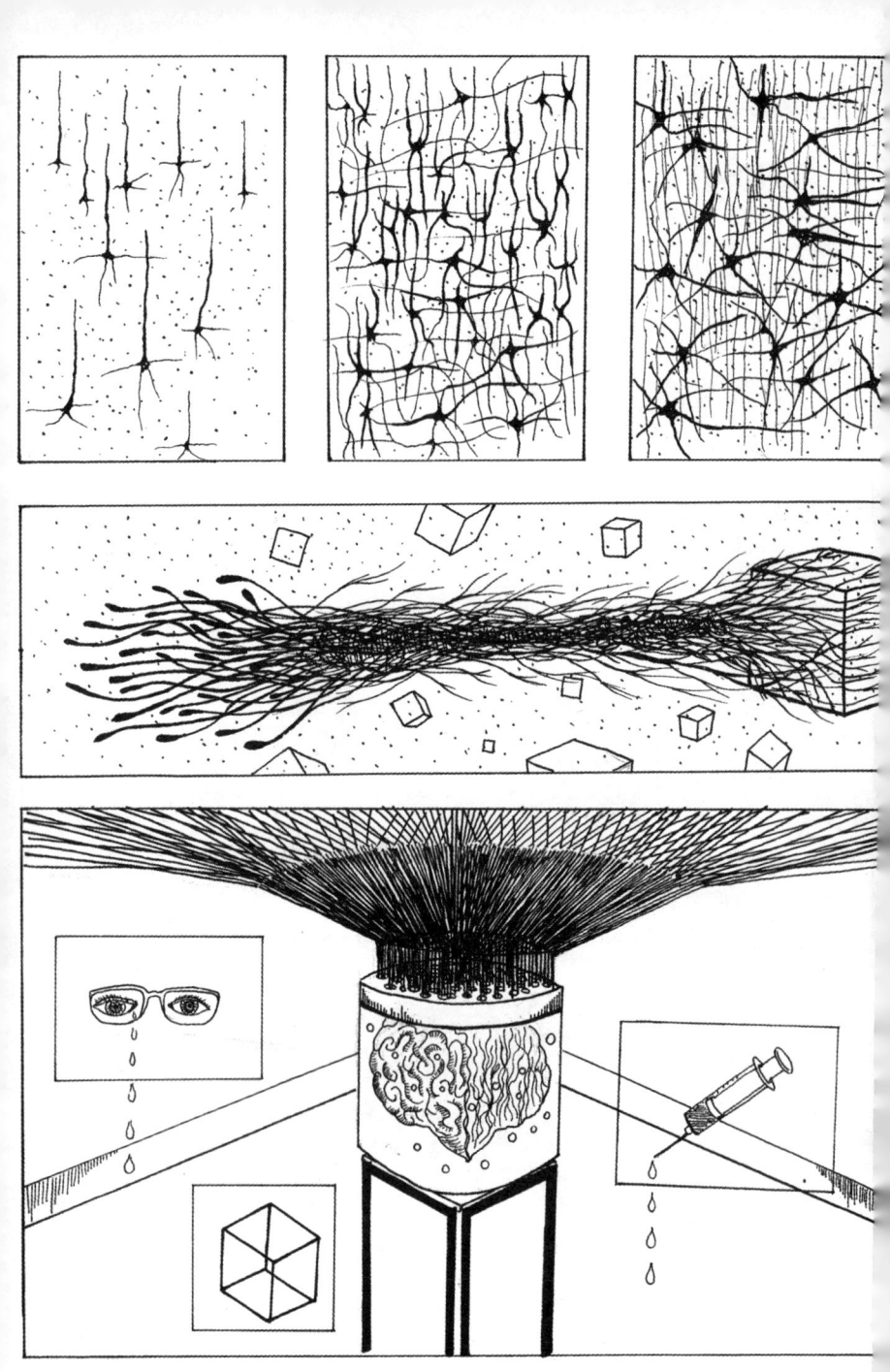

我只是一只缸中之脑,但也是创造者
在真实的世界,我即将被注射药物死去

我将那最终的语言传递到宇宙深处
宇宙将会理解